Enquanto **água**

altair martins

Enquanto **água**

EDITORA RECORD
RIO DE JANEIRO • SÃO PAULO
2011

CIP-BRASIL. CATALOGAÇÃO-NA-FONTE
SINDICATO NACIONAL DOS EDITORES DE LIVROS, RJ

Martins, Altair, 1975-
M341e   Enquanto água / Altair Martins. — Rio de Janeiro: Record, 2011.

ISBN 978-85-01-09410-0

1. Conto brasileiro. I. Título.

11-1938   CDD: 869.93
                                        CDU: 821.134.3(81)-3

Copyright © Altair Martins, 2011
Representado pela Agência da Palavra — Agenciamento Literário e Projetos Editoriais

Capa: Leonardo Iaccarino

Imagens de capa e miolo: Rodrigo Pecci

Texto revisado segundo o novo Acordo Ortográfico da Língua Portuguesa.

Direitos exclusivos desta edição reservados pela
EDITORA RECORD LTDA.
Rua Argentina 171 — 20921-380 — Rio de Janeiro, RJ — Tel.: 2585-2000

Impresso no Brasil

ISBN 978-85-01-09410-0

Seja um leitor preferencial Record.
Cadastre-se e receba informações sobre nossos lançamentos e nossas promoções.

Atendimento e venda direta ao leitor:
mdireto@record.com.br ou (21) 2585-2002.

EDITORA AFILIADA

Ven, ahora,
ábrete
y déjalo
cerca de nuestras manos,
ayúdanos, océano,
padre verde y profundo,
a terminar un día
la pobreza terrestre.

"Oda al mar", Pablo Neruda.

chuva na cara

da margem futura   11

presença   21

os remos   31

o vão do lado esquerdo da ponte   37

homens de verdade   47

dois afogados   55

incêndio no rio profundo   69

unha e carne   77

depois da chuva

o núcleo das estrelas   87

garoa

o resumo do mundo   97

superágua   101

quase oceano quase vômito   105

água com gás

o mar, no living   109

enquanto água   115

cobranças   123

patologia de construção   131

a última mulher adúltera   139

toda a novidade do mundo   145

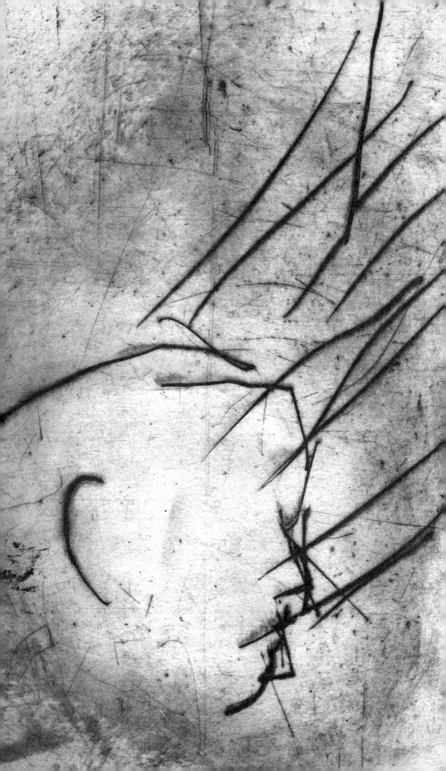

chuva na cara

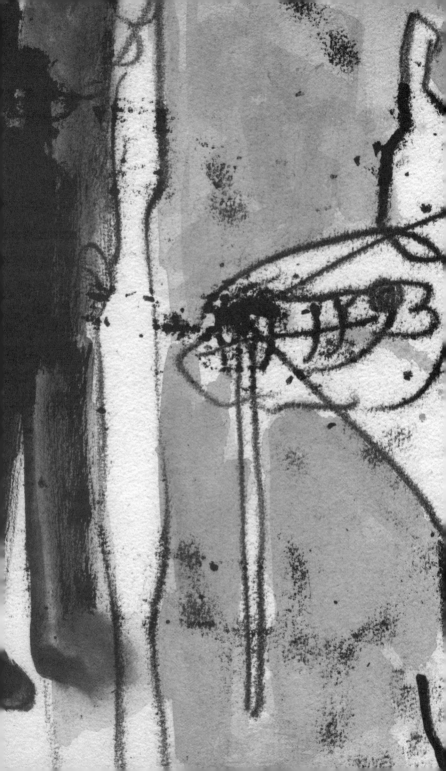

da margem futura

Antes dele mesmo, chegaria o odor da cachaça. O pescador viria no rastro, trazendo o cheiro do peixe passado, suas vísceras e barbatanas, mas só depois de esticar as redes pelo pátio e banhar os pés com a mangueira. O cachorro Mandinho sairia gemendo por alguma estupidez do dono, e ela sentiria o impulso interno de fugir pelos fundos da casa. Mas, sob o medo do choro da filha, já se imaginava retornando pela porta da frente para comprovar, no cheiro azedo da mistura, que o bêbado havia vencido o pescador.

Sem choro, a filha brincava de descobrir as mãos, mexendo num pequeno novelo de linhas emendadas, irregulares na cor e na espessura. Já havia mamado, e o bico a entretinha até o sono. O pai largaria o peixe limpo sobre a tábua da pia, ao alcance dos olhos da mulher. Fritá-lo sendo uma ordem.

Eram postas, e ela passou sal, cobriu com farinha de trigo e buscou, sob a pia, um vidro onde havia deixado a gordura do peixe. Ouviu o pai chegar-se à criança para, antes do banho, dizer coisas num idioma particular até o choro alto. Por isso a mãe deixou o óleo esquentando e foi recolocar o bico na boca da filha.

Já tinha comido — bolinhos de arroz, e o cheiro de fritura repugnava. Como previsse tempestade se houvesse novo choro de criança, arrastou o moisés da menina à cozinha e dali a pouco, necessitando urinar, levou a cesta consigo quando entrou no banheiro. Atrás da cortina do boxe, sob o chuveiro, o marido formava seu fantasma, e ela reconheceu que não aguentaria mais aquela vida. Caminhava para ficar louca ao lado de um homem que se afogava de tanto beber. Olhou a filha que adormecia, uma vida miserável pela frente a desvendar-lhe, pelos calendários, a mãe infeliz. Era pela menina enfim. Falassem o que falassem, sentia ser a melhor coisa a fazer. A menina ao menos cresceria tendo um pai. Rubem.

Fazia cinco meses, talvez. Todos os sinais de Rubem indicavam a ideia, uma vida que ela jamais pudera ter conhecido: entrava na fruteira com a filha no colo, e ele fazia-se todo mesuras, agradando a menina para acompanhar os quadris da mãe. Mais velho, de mãos quadradas e judiadas, usando camisa de botões e com o rosto sempre bem barbeado, mostrava uma dignidade em ser simples mas cuidadoso ao embalar a verdura e o legume poucos. Sem precisar perguntar a ninguém, Rubem sabia de tudo na casa dela: um marido de rosto vermelho como um rabanete, cortado pela bebida, e uma mulher de pouco sono. Se a princípio não falara era por ser pastor evangélico e respeitar o matrimônio alheio. E também por cuidarem-no pelos cantos, ele sabia, quando auxiliava o pastor Tadeu nos cultos de sábado. Mas quando a conta do caderninho da fruteira excedeu os limites, Rubem teve de falar com ela. O marido andava doente, mas ela daria um jeito.

Não deu. E então Rubem passou a não mais anotar no caderno. Mas insistiu em que ela continuasse a comprar na fruteira — pela menina, dizia ele, e oferecia potes de mel ou doce de leite que ele mesmo fazia. Cinco meses, talvez.

Ela nunca fora de igreja, mas o convite de Rubem exigialhe uma atitude ao menos por respeito, se não fosse uma obrigação pelo que devia para além dos números do caderno. No culto de sábado, Rubem falou das muralhas de Jericó com energia. Indicava caminhos e barreiras a serem transpostas. Chovia lá fora, mas Deus estava na boca de Rubem, renovando o verde das coisas. Tão logo Rubem desceu para dar o microfone a outro pastor, veio sentar-se ao lado dela, na primeira fila, e dispôs-se a segurar um pouco a menina, para descansar os braços da mãe, sob o risco dos olhares atrevidos de certos fiéis que tinham língua ruim. Ela pensava com medo no marido, que, àquela hora, devia estar em alguma disputa em mesa de snooker. Antevia o homem acordando às onze e meia, com dor de cabeça, gritando com as paredes e querendo sopa para não pisotear o estômago. Rubem fez questão de levá-la até a porta de casa, onde se despediram com medo e certa incompletude de gestos.

Dois dias depois veio a proposta. Rubem soube que o marido não voltara naquela manhã e mandou um recado pelo menino que atendia no balcão: que ela fosse à fruteira, antes do meio-dia; entrasse pelos fundos. Ela levou a menina no moisés.

Rubem a esperava e, tão logo a viu abrir receosa o portão de madeira, correu para ajudá-la com a criança. Estavam cercados de caixas de legumes e verduras recusados para a venda, e que seriam dados às galinhas, que já comiam, e aos porcos, no outro cercado ao fundo do pátio. Rubem chorou antes de dizer qualquer coisa. Mas disse. Mostrou que o que possuía era pouco, mas era ao menos uma vida. Sabia que nada do que tinha a dizer era permitido por Deus, mas estava se arriscando por ela e pela menina. E então pegou-lhe o moisés das mãos e pediu que ela largasse o marido.

Não o largou. Não porque o temesse, mas porque se sentia presa à casa cujos fundos iam se perder no rio onde o marido pescava. Tinha por vezes a impressão de estar sendo seguida pelo pescador, o cheiro azedo que subia do estômago dele. Não parecia certo nada daquilo. Dali a um mês e meio, porém, os fregueses notaram que Rubem não atendia no balcão da fruteira às segundas-feiras. Era o dia de balsa, e o menino dizia que o dono ia buscar mercadoria nova em outro município, mas nas terças ninguém encontrava novidade alguma nas bandejas. Só o menino sabia do que os outros desconfiavam: era também o dia das redes, e o marido saía de casa no domingo mesmo para montá-las e voltava no barco somente à tarde de segunda, trazendo a guarnição para as peixarias; então ela vinha na alta noite de domingo com a menina no moisés e, cuidando para ser discreta, entrava pelos fundos, onde Rubem morava, para deitar-se com ele e ir embora na madrugada da segunda.

Assim seguiram por mais três meses, ela frequentando já a igreja e a casa de Rubem, com a filha na cesta, até o menino do balcão levar recado: que ela não viesse naquele domingo, procurasse Rubem no dia seguinte para um particular importante. Ela mal dormiu imaginando a resposta ao que ouviria. E perto do meio-dia de segunda ela entrou pela porta da frente da frutei-ra. Assustado, Rubem a levou para os fundos, antes que chegasse algum olho afiado, e lhe disse tudo: já conheciam toda a história na cidade, inclusive na igreja; o pastor Tadeu o condenara veementemente, e ele partiria na quarta-feira; na sexta, voltaria pelo outro lado do rio com a camionete azul e a esperaria até as três da manhã; encontrariam onde morar e do que viver na Argentina; podiam crescer com uma casa juntos, e a filha teria uma vida melhor na graça e correção de Deus; já tinha pensado em tudo: ela atravessaria o rio no barco; ao acordar, o marido teria de esperar a balsa das oito para cruzar para o outro lado, e eles já estariam longe; por fim, se ela não aparecesse, ele entenderia e iria partir de qualquer modo. Mas ela surpreendeu a ambos, dizendo que também não aguentava mais aquilo tudo; sabia remar e cruzaria o rio para fugir com Rubem.

Naquela semana ela não esteve na fruteira, e Rubem não pisou na igreja até sumir na manhã de quarta. As falações davam conta de briga. Aos ouvidos dela chegaram boatos de que o pescador sabia. Mas o marido chegava bêbado, dormindo pelo jardim ou desmaiando no banheiro.

E então era justamente essa a sexta-feira, e a sombra do marido atrás da cortina do banheiro a amedrontava. Esperaria ele dormir. Levaria a filha no moisés e pegaria as duas sacolas, já prontas, embaixo da cama. Teria de remar até o outro lado do rio e começar a viver outra vez. Mas o marido agora abria a cortina do banheiro, e ela viu o homem molhado, ferido nos joelhos, queimado de sol, ainda vermelho pela bebida, e teve impressões de estar olhando para um corpo que o rio vomitava. Saiu do banheiro com medo de não conseguir.

Foi pôr a filha no berço. Da porta do banheiro o marido a xingava com palavras que pareciam sair da boca com enorme dificuldade. O óleo quase incendiara, e a casa cobria-se de uma névoa infernal que obrigava a abrir as janelas e amarrar as cortinas. Que coisa é essa hoje?, o marido gritou, e ela disse que estava com dor de cabeça, e ele foi, molhado e sem roupa, pegar a cachaça de uma garrafa plástica na geladeira. Ela rapidamente baixou o fogo e pôs os peixes na frigideira. Dali a pouco, retirou as postas douradas, levemente torradas nas pontas. Sabia que estavam cruas por dentro, mas não suportava mais aquilo. Partindo o pão borrachudo, ainda sem roupas, o marido a olhava e comia.

Ela lavava a louça, com as ideias a ferverem-lhe os sentidos. Vez em quando olhava o marido a dispor, de cabeça baixa, espinhas na toalha da mesa. Engasgava-se, tossia como um animal e acalmava tudo no copo. Morresse ali, e ela não precisaria atravessar o rio. Imediatamente arrependeu-se do que pensava, mas fez questão de olhar e guardar na lembrança o que deixava naquela casa, para poder fugir com a certeza de que fazia a coisa mais madura de sua vida.

Sem acabar com todo o peixe, o homem terminou a bebida. Houvesse estômago no mundo para aquilo tudo. Depois arrastou-se para a cama sem dizer nada e, se entrou no banheiro, foi para urinar ao redor da privada antes de dormir pesado.

Ao fechar a janela da cozinha, ela pensou em Rubem: ele havia deixado a fruteira e agora dirigia numa estrada escura, com o dinheiro que pudera juntar, repassando na cabeça as roupas da mala, o roteiro do carro e uma casa na Argentina.

Rubem dirigiria firme, e Deus os guiaria naquilo que enfim era recomeçar. Rubem rezaria por ela e pela filha. Ele amava assim.

Ela ainda ficou a arrumar as coisas da casa sem entender o porquê. Sairia de madrugada, sem retorno possível, e então? Mas ordenava o espaço que fora seu e se sentia assim mais forte para deixar tudo como sempre mantivera. Era o seu modo de sair inteiramente daquela casa. E foi por isso que, antes de aprontar-se para o rio, ainda limpou a cozinha e o banheiro e dispôs as roupas lavadas do pescador sobre o espaldar da única cadeira da sala.

Pensou no barco pequeno e repetiu na cabeça as cenas que já tinha experimentado: antes da gravidez, ajudava o marido a colocar rede e a recolher o que o rio permitisse. Sabia remar sim. Mas nunca entrara no barco à noite, e a garganta se lhe apertava ao imaginá-lo virando, o moisés da filha submergindo o choro na escuridão e no frio. E então a imagem de Rubem rezando a vinha cobrir com uma calma nova, e ela prometia a si mesma esforçar-se por arranjar modos de gostar do homem à altura de todo o esforço. E era assim que lhe vinham os braços de Rubem segurando o moisés e pedindo a ela que viesse. Por isso tudo aceitava atravessar o rio.

Pouco antes das duas da manhã, levantou-se do sofá em silêncio. Sem acender a luz do quarto, buscou as duas sacolas feitas que deixara sob a cama. Ouviu ainda o marido, seu corpo branco respirando com dificuldade, e mentalmente sentiu que se despedia do pai de sua filha. Trouxe a menina do quarto já no moisés. A criança remexeu-se, perdeu o bico, mas a mãe o repôs a tempo de evitar alarma. Fechou a porta com todo o cuidado e saiu para a noite limpa, sem nuvens, com uma lua fina e brisa mansa. Mandinho veio cheirá-la, e ela arrepiou-se:

não contava com o cachorro; latisse alto, e Rubem iria à Argentina sozinho. E Mandinho latiu, não alto, mas o suficiente para pôr a mulher de joelhos e em susto. Ele veio agradá-la, mas recuou com dois tapas secos, e ficou a distância, balançando um rabo indeciso. Dali ela caminhou até o rio, ouvindo o barulho da água a lavar pedras e encostas. O barco de menos de dois metros estava amarrado na goiabeira, e ela encaixou o moisés da filha no fundo de lata, sustentando-o nas laterais com as sacolas de roupa. Não via a outra margem e sabia que o rio não era estreito. Talvez tivesse de remar por vinte minutos até que avistasse os faróis e sussurrasse a ajuda de Rubem.

E começou. Lembrava ainda os segredos dos remos. Os dois, juntos, em sincronia, querendo a mesma coisa. E então remava, deixando a casa de uma só luz de fundos e um peso no peito. Os braços deveriam aguentar. Depois eram os de Rubem: dirigir a camionete por terras castelhanas para dormirem uma semana numa cama nova sem pensar em nada para trás. Ela remava.

Por quanto tempo? E os braços doíam, abaixo dos ombros, perto das axilas. E também as mãos, dos dedos aos punhos. Parou para descansar, deitando o corpo para trás. Respirava o ar tantas vezes nojento e agora absolutamente novo do rio. Quando sentou para reiniciar a marcha, a menina começou a chorar e tudo virou pânico. Mal tinha forças para recolher os remos para dentro, e era preciso ainda, ela sabia, encontrar o bico perdido no fundo do moisés, sob a escuridão de uma noite quase sem lua. Mas conseguiu: os remos primeiro; depois a filha, a quem beijava e embalava no colo até que segurasse na boca o bico e recuperasse o sono.

Olhava agora ao redor, a procurar a margem de Rubem, e novo pânico lhe veio secar a boca: não via margem alguma e nem imaginava onde podia estar. O rio se transformava em um imenso buraco escuro, viajando sonolento a um lugar qualquer que ela temia fosse distante da margem segura. E quando recobrou as forças, sabendo que teria de remar não importasse aonde, a filha recomeçou a chorar no colo mesmo, porque perdera novamente o bico e, dessa vez, na água. E por mais que tentasse achá-lo com as mãos ao redor do pequeno barco, não o acharia. Abraçou forte a filha. Tinha lhe ocorrido antever o barco virando com a menina, e temia a cada instante reconhecer a cena futura.

Agora o choro vencia a noite e o rio, parecendo cortar as margens de um lado a outro, e ela pegou os remos e remou o mais que pôde. Tudo lhe doía, mas o choro da sua criança implorava-lhe que remasse incessante e quase inútil até a margem do pai bom. Perderia ainda um remo. De tudo o que lhe apertava os nervos, ao menos a certeza da filha viva, o grito entre a noite e a água fria, lhe dava a coragem necessária para continuar lutando contra o rio.

Quase desistindo, com o peito ardendo e o remo caduco, avistou a luz da margem onde Rubem, à frente dos faróis do carro, a esperava sem que nada pudesse fazer. O barco botava água, e a filha estava molhada, chorando o que ainda podia. Esgotada, a mãe ainda remou, arriscando virar, porque fazia força com os dois braços num único lado do barco até sentir que o remo tocava o fundo e que, da margem futura, Rubem entrava na água e fazia enorme luta para puxá-la e para tomar-lhe o bebê e para se transformar, sob a luz dos fundos da casa, no marido que a abraçava com o cheiro recém-acordado da bebida.

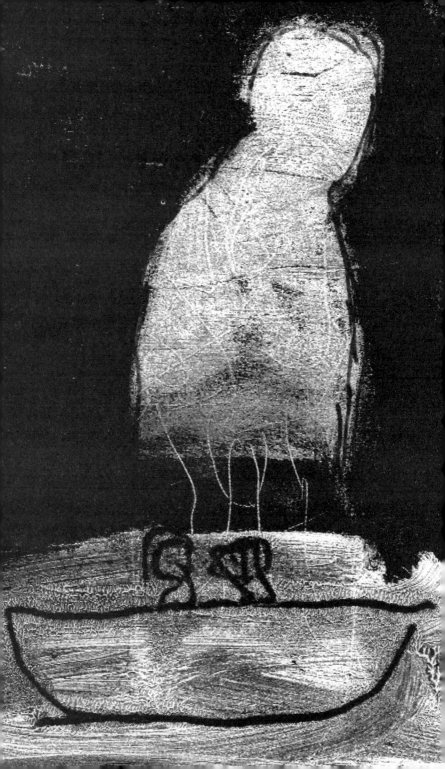

presença

Sei também que a Palavra de Deus foi escrita pelos homens. Mas palavra é presença. Que o Senhor possa me perdoar se falo em vão. E que Sua Vontade, por mais que assombre a alma, seja sempre feita.

Foi pela Vontade Divina que não enlouqueci quando Laura me separou das meninas: Mariana, dois anos mais velha que Anaclara. Na justiça dos homens, as duas filhas ficaram com a mãe, cabendo a mim, que nunca me imaginei longe das três, ser apenas o pai das férias escolares. Descobri, sem aceitar, que Laura tinha outra pessoa. Mas sempre fui pacífico como um cachorro de crianças. É que na Justiça Divina tudo começa depois da verdadeira água.

Laura foi morar em Quatro Ilhas, uma praia-paraíso de Santa Catarina. A mais de quinhentos quilômetros, em nossa casa em Porto Alegre, sozinho, passei a ter medo dos mínimos ruídos. O dr. Gustavo, de quem eu tinha sido colega de ginásio, diagnosticou o transtorno do pânico.

Descobri que o nome era mais que apropriado quando passei a trancar janelas e portas. Dormia sob sustos, em períodos curtos e dispersos. Ao acordar, já reconhecia o cerco: eram frequentes as sombras de pessoas, ou movimentos esvoaçantes de alguém a transitar, pelas minhas costas, de uma peça a outra da casa. Na cozinha, enquanto preparava um sanduíche ou abria latas de coisas prontas, era nítida a presença de olhares fantasmagóricos à altura dos meus ombros. O mesmo se dava no banheiro, com a agravante dos olhos fechados por causa da espuma: escutava sussurros abafados pelos ruídos da água. À noite, era o abrir e fechar de portas, todas, das divisórias de peças às portas dos armários e da geladeira. Na janela, os sinais insistentes de faróis ou relâmpagos que me procuravam.

Tudo iria piorar, eu pensei, quando as filhas vieram me visitar por uma semana e retornaram assustadas. Por telefone, Laura reclamou de que eu me fazia de vítima: as meninas lhe teriam contado coisas de atiçar os nervos; dentre tudo, a superproteção sufocante do pai, que não as deixava dormir, caminhando pela casa, sondando cantos, soabrindo as portas dos quartos durante toda a noite com olhares capazes de atravessar o escuro. As meninas não sabiam: eu evitava que elas também percebessem algo de estranho e presente que só um olho acostumado vê.

As meninas nunca mais vieram. E a última notícia foi da morte de Laura. O mundo parou por aí: voei até Santa Catarina já bêbado. Vomitava constantemente e, a cada vez que tentava fechar os olhos, sentia o avião e suas pantomimas de navio. O que imaginava não era a Laura última, a mulher incapaz de lembrar-se de mim como outra coisa além do pai ausente. Nem a Laura que me olhasse com o interesse inaugural de toda uma história, nem a que se arrependesse, convicta de que cometera comigo um erro reparável. Imaginava apenas a Laura viva. Mas nenhuma delas foi encontrada, apesar das buscas por todas as praias da região. Aceitei a Laura que me convinha, uma Laura me esperando.

Ninguém nunca soube explicar como ela, logo ela, poderia ter morrido afogada. Quem a visse na praia, abraçando a água e desafiando as areias mais fundas, afiançaria que o mar era bicho de comer na sua mão. Comentaram daquela praia suas correntes traiçoeiras, que levavam ao mar aberto, enganando sobretudo os nadadores mais confiantes. Poderia ser. Mas não com Laura: a mãe das minhas filhas era uma mulher desconfiada do mundo, que nadava desde criança, e bem. Chegou a dar aulas antes de nos conhecermos e, ainda depois da primeira gravidez, participava de competições.

Muitos são os desígnios superiores sem explicação. No meu caso, foi por eles que o pavor cedeu.

Então apertei a mão de Filipe e entendi que havíamos perdido diferentemente uma mesma pessoa. Ele estava despedaçado, amparando as meninas ali, me consolando aqui. Era um homem de rara grandeza. Não esperaria menos: era um homem para Laura sim. Olhando nós dois ao redor de um caixão simbólico, onde pusemos objetos distintos que lembravam a mesma mulher, percebi que fazíamos de tudo para que o mínimo rastro dela nos permitisse uma tal despedida ao menos digna. Mas Laura era imensa, e o caixão ao centro parecia naufragar, apesar de tanto esforço duplo. Dois homens à deriva, pensei alto. Ele perguntou o que era, e eu disse Nós dois, à deriva, mas ainda assim ele ficou sem entender, apertou as minhas mãos com modos de mulher, tornando-se mais corajoso à minha vista. Nada falei e fui buscar café para nós dois.

O café preto me martelava o estômago, efeito que Filipe deveria estar também sentindo. Nos sentamos num banco afastado de onde ainda podíamos avistar as meninas. Convinha, segundo ele, que as duas ficassem comigo. Contudo ocorreu que as garotas criadas na praia preferiam permanecer na casa da mãe. Não queriam viver com o pai do sul, lembrança de frio e presenças escuras. Filipe resolveu fácil: aceitei fazer a mala com pequenas coisas e vir morar com minhas duas filhas, sem mulher e sem emprego, numa praia mansa que me respaldaria o sono.

Durante os primeiros dias, a mudança de casa faxinou todas as cogitações obscuras: dormia oito horas regulares por noite, pescava, fazia comida, acompanhava as meninas até o ônibus da escola e, nos períodos de solidão, buscava emprego.

É surpreendente o que pode a Vontade Divina. Eu, que sempre trabalhei com computadores e propagandas, repentinamente me via à vontade num barco de pesca, aprendendo a preparar rede, a recolher e a reconhecer o peixe. Sentia-me só, e não por estar cercado de pescadores quase mudos; sentia-me escondido entre homens sem sombra.

Em casa, as meninas suportavam meu caminhar lento, meus cuidados com as quinas e os vasos. Entendiam que o novo pai, embora não pudesse ter a neutralidade de Filipe, era mais suportável assim – feito um homem dissolvido –, que como o andarilho noturno da casa de Porto Alegre. Julgavam que eu não percebia nada. Mas o fato é que eu aceitava a troca: da repulsa, entendi aquilo que sentiam por mim, sabendo que era moeda de câmbio para cada dia seguinte, quando eu pudesse melhorar minimamente para minhas duas filhas.

Foi quando os pescadores escolheram parar na praia de Quatro Ilhas para distribuir tainhas e anchovas a dois restaurantes. Alguns de nós ficaram na praia, limpando e organizando as redes. As ondas batiam forte, e o vento dificultava conversa. Do ponto onde estávamos era possível ver a casa de Laura e sobretudo descobrir o lado sinistro do meu quarto, mergulhado na sombra do rochedo. Voltando a visão para o aspecto esverdeado do mar, apesar do pouco sol, eu pensava que fora ali que Laura havia se transformado na mulher que imaginei no avião, a mulher que me esperava, e pela primeira vez me perguntei: me esperava para quê? Meus pés estavam fundos na areia, e o repuxo parecia me forçar os passos. E me virava para me informar com algum local sobre as correntes que levavam ao oceano quando, subitamente, me achei sozinho. Tive a sensação crescente de que, abaixo da água, o medo acabava de me reencontrar e agora, todo ele feito mar como Laura, era novamente presença que rugia.

É medo demais julgar que o mar inteiro nos observa, Senhor, mas é que eu não entendia.

Naquela noite, depois de preparar torradas para as meninas, fui para a cama e não dormi. Os rugidos vinham da praia e assobiavam por frestas estreitas da casa. Desviavam das meninas, mas me alcançavam nítidos, como o silvo de uma frequência só minha. Comecei então a pôr discretas buchas de papel higiênico em cada entrada possível de ar. Mariana, a mais velha, foi a primeira a acordar com a minha movimentação e quase nos chocamos justamente quando eu saía do banheiro com novo rolo de papel: na mesa da sala havia uma vela acesa com que eu tencionava não acender a lâmpada que as alarmaria. O efeito foi horripilante, porque Mariana, tão logo viu que eu fugia, cobriu o rosto com as mãos e trancou-se no quarto, para chorar miúdo sem acordar a irmã. Bati com o nó dos dedos, muito de leve, à porta do quarto delas, mas Mariana não abriria. Escorei a cabeça para escutar se Anaclara tinha também acordado, quando senti um vento úmido lambendo meus pés, vindo exatamente do quarto delas. Amassei buchas, muitas, e, por fora da casa, me pus a vedar as frestas da janela das minhas filhas. Tive certeza, mesmo sem olhar diretamente, que vento e mar eram a mesma coisa, e essa coisa tinha vontades e tinha mãos. Depois, entrei, fechei a casa, sentei no sofá, vigiando qualquer marulho que se atrevesse.

E pois que amanheceu. As meninas não abriram a porta. Não quiseram tomar café ou ir à escola. Estavam doentes, disseram.

Busquei Filipe, montando uma história que não me revelava. Depois do trabalho, encontrei-as em casa, sentadas ao lado do homem que Laura havia escolhido. Pareciam um pouco mudadas. Só enquanto tomava banho entendi que estavam decididas a ter coragem. Aceitei que me afogava com Laura. E percebi que tudo se tornara realmente insuportável quando elas, seguindo a tendência da mãe, passaram a fazer aulas de mergulho todas as tardes, depois da escola.

Quanto a mim, muito cedo enfrentava os barcos, montando redes sob olhares perversos que vinham da água e que escapavam a todas as malhas possíveis. E, à tardinha, quando o trabalho do dia estava encerrado, eu caminhava até a praia e ouvia o que até então julgava ser a presença.

Diz a Palavra que no princípio era apenas a Presença Divina pairando sobre tudo. Compreendi claramente: que eu não viera àquela praia para pescar até que o sol me descamasse todo de fora para dentro e, calcinado meu corpo, me tornasse mineral para os corais. Que a presença não me deixaria até que a reconhecesse e a aceitasse. Que não era em absoluto Laura. Era Deus, Sua Vontade sem verbo de que assim fosse feito.

E fiz. Pedi às meninas que me ensinassem a mergulhar, e elas, depois de pouco confabularem, como se tivessem entendido também, aceitaram. Talvez Mariana tivesse se convencido de que, para um pai encalacrado em si mesmo, das duas uma: ou mergulhar no medo me levaria diretamente a um terreno movediço e sem saídas, ou então, imerso no colorido de toda a vida marinha, eu chegaria a um lugar enfim livre para que aceitasse que mergulhar só se pode, como a vida, em paz. Também eu pudesse assim compreender que as minhas meninas eram mais de Laura do que eu podia ver.

E assim fomos. Consegui um barco de pesca pequeno, de remos. Seria à tarde, porque durante a manhã eu teria recolhimento de rede, e as meninas estariam no colégio.

Mas agora que partíamos, eu entendia cada vez mais a presença; agora que todas as vozes haviam silenciado e o ruído da água era tão delicioso que dava vontade de bebê-la com inocência; agora que o céu estava luminoso e o pouco vento nos esquecera no mundo para ir roçar os rochedos imberbes ao redor da casa; agora que eu ouvia, sem a atenção de entender, o conversar animado das meninas; agora que estava clara, era a presença mesma ajudando com seu peso a suavizar as ondulações dos remos no barco. E agora eu não tinha medo porque tudo o que sempre estivera escondido repentinamente se erguia sem que fosse preciso explicar o porquê de tanta escuridão e susto. Tinha a consciência absoluta de tudo o que iria acontecer. E calmamente eu me dedicava à mecânica dos remos até um ponto mágico entre a praia e o oceano, exatamente entre o verde e o azul.

As meninas puseram as máscaras e os pés de pato, ajudando-me com a carga de novidades. Pusemos os snorkels; elas saltaram à água; entrei muito lentamente.

Estaria testando a capacidade de ferir-me? ou, por que não dizer?, eu entrava em um medo estranho, depois de tudo se desvelar?

E, de mãos dadas, duas crianças me guiaram placidamente ao meu pesadelo.

Apesar da água um tanto turva, o substrato rochoso mostrava todas as presenças divinas, os seres que tanto quiseram dizer e que, diante de mim, já não precisavam de código algum. Eram simples como os trabalhadores de uma firma. Não rugiam. Estavam ali, apenas.

Quando subimos ao barco, as meninas me abraçaram, selando um batismo. Perguntavam sobre todas as sensações, e eu dizia coisas vazias que as alegravam. Insistiam para que eu me encorajasse uma vez mais, e pedi que fossem sozinhas e mergulhassem soltas. Sentia-me imerso em uma satisfação inédita. E cansado. Que não fossem longe, ainda gritei, porque o céu se fechava.

Mas elas não ouviram. Foram se afastando lentamente, diluindo-se na presença maior. Vez em quando os snorkels espirravam alguma água. No horizonte, o mesmo azul entre céu e mar. E eu percebi que deveria remar o mais rápido que todo o meu corpo pudesse.

A justiça dos homens havia decidido que as meninas ficariam com Laura, e eu aceitei. E então entendi que a Justiça Divina também decidia assim. Remei até escurecer, quando, sem forças, larguei os remos na água para que tudo tivesse seu fim. Mas as correntes preferiram a praia ao coração do oceano.

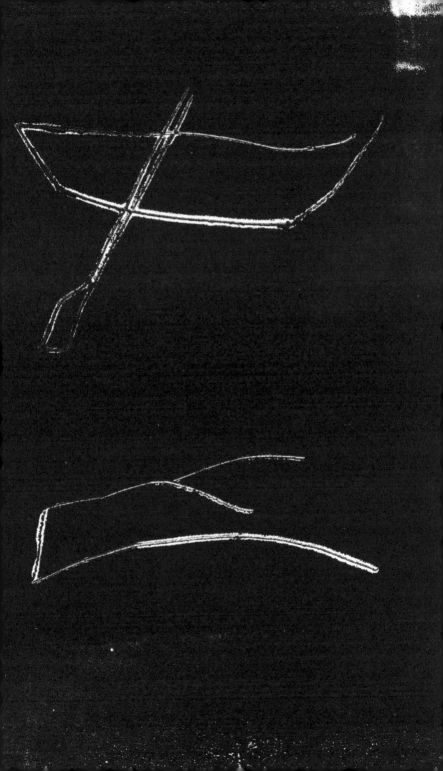

os remos

Se a chuva era sempre um sinal, e ela bordava com os ouvidos atentos ao menor ruído de água, então a agulha e seu fio eram uma espera quase silenciosa de qualquer coisa: um grito, um chamado, um impropério. Ou o começo, quando levantasse a cabeça e pudesse cruzar o portão sem medo das águas que cercam o mundo.

Nunca havia feito tanto calor quanto naqueles dias, e faz de conta que o tanque de cimento cru, de paredes internas frescas apesar de todo o mormaço, aquele tanque era uma piscina, e era possível então rever a filha vestindo maiô de franjas com figuras de estrelas-do-mar e brincando com um boneco e uma boneca. Faz de conta que eram pai e filha.

A água seria despejada da torneira até um terço do tanque. Quando a menina entrasse, e sentada, a água da piscina lhe bateria nos ombros. Os dois bonecos nadariam com mais espaço e, apesar do movimento dos três, o barulho da água não alcançaria a mãe na sala.

Por ora, todas as coisas da casa haviam recuperado os lugares e as funções. O novo relógio de parede, esse prateado, nada sabia das mutilações do anterior, o branco: entranhas espalhadas pelo assoalho poucos instantes depois da notícia e a antevisão de sensações num calendário que deveria estar embaralhado. Só podia estar.

Erguido sob roldanas, o caiaque de dois lugares talvez sentisse falta dos remos, mas só reclamava quando o vento o sacudia na varanda, e aquele definitivamente não era um mês de ventos. Estava virado o caiaque, com os assentos para baixo, para não guardar sujeira. Mas guardava.

Também de nada desconfiava o açucareiro, agora de alumínio, do antigo dono do posto, que, feito de porcelana, juntou-se aos cacos de um vaso e de três copos – um deles com água e açúcar –, espalhados que foram com os talheres da primeira gaveta. Nela, por sinal, o pacto de esquecimento se fez, e os garfos e as colheres e as facas combinaram, aos poucos, um segredo de condomínio até que tudo voltasse à inércia natural das coisas inanimadas. E, realmente, seis meses depois, tudo cumpria com a normalidade de uma casa e sua única dona. Nenhum dos objetos ousava comentar o que fosse. À exceção do tanque.

Quando pôs o maiô da filha na água, a mãe não contava com o tanque. Não ele, uma caixa quadrada e estreita onde se punham água e sabão para a rendição de toda a sujeira da casa. Não ele, que, antes das roupas da filha, recebera as do marido, lavadas regularmente mesmo que sem uso. Não o tanque que, embora firmemente chumbado a duas muretas de pedra de alicerce, ameaçava sempre virar com a presença de quem quer que fosse.

Ela estava de férias, sob o calor, ansiando por uma chuva densa, diferente de uma tempestade e seus trovões. Uma chuva que remasse firme e diligente até ela e pudesse pô-la como um relógio ou açucareiro novos, sem dar por falta dos remos ou do remador.

Mas quando a chuva chegou, e ela soube que era definitiva, entendeu que não era um grito, nem um chamado, nem quaisquer impulsos de agressão. Mas uma despedida.

Atravessou de olhos fechados o corredor de pedras sob uma saraivada de pingos grossos. Da varanda da peça dos fundos, viu que o sinal era mesmo aquele, porque a chuva havia chegado sem ventos ou outros alardes senão o barulho natural da água em seu ciclo de vida e de morte.

Dentro da peça havia uma família apartada da casa: objetos de pesca, infláveis de praia em forma de bichos espetaculares, coletes salva-vidas e um cordão que, da despensa, corria até o tanque fazendo desfilarem peças de roupa em espera. Uma dupla de tecido era lavada diariamente e voltava ao princípio da corda, onde a luz e o ar das janelas abertas preparavam tudo para o dia em que o ferro elétrico, em posição de sentido ao lado da churrasqueira, fosse chamado da reserva. Não sabia ele quando, nem desconfiava daquela chuva sem vento.

Mas ela abriu a torneira do tanque sem cogitar se ele já estava cheio ou se aquela água toda não perturbaria a concentração da roupa de banho, a silhueta viva da filha junto a dois bonecos que, agora, começavam a nadar em círculos irregulares, num desespero-redemoinho. O barulho de água preenchia a peça, completando o serviço da chuva lá fora. Era então o momento de revistar o cordão em busca dos vestígios da vida.

Recolhidas as peças do princípio do fio, a mulher estendeu-as abertamente sobre a tábua, e o ferro enfim foi ligado depois de seis meses. Ainda que sem treino, tão logo vencia dobras e marcas de prendedor das primeiras peças, já se obrigava, com pausas de menos de minuto, nas quais o tecido era dobrado, a recomeçar com novas roupas em sequência até que todo o fio fosse percorrido e, como na travessia a Maratona, o soldado estivesse morto.

Quando todas as roupas fossem passadas e dobradas, ela sabia que iria encontrar o tanque cheio ou pelo menos em dois terços da capacidade.

Pareceu-lhe suficiente, pois que era água tanta para transbordar o tanque assim que ela entrou. Sem tirar a bermuda e a camiseta curta que vestia, dispôs o maiô de estrelas-do-mar sobre as pernas. Primeiro, a parte de cima, com duas estrelas suficientes para os seios que as meninas sereias nunca alcançam ganhar; segundo, a parte de baixo, da estrela maior, que nunca se livra do mergulho.

Depois que chorasse, batesse na água, perguntasse uma série de coisas às paredes do tanque, da peça e do mundo; depois que se apertasse nas mãos e nas pernas; depois que xingasse o marido, a filha e a torneira; depois que achasse ridícula a vontade quase feiticeira de enfiar a cabeça entre as pernas e despa-rir-se dos dias; depois de tudo isso, poderia voltar para casa e guardar as roupas. E talvez olhasse o relógio e sua sensibilidade pontual e decidisse que, depois de tomar um banho, faria café, sem assustar o açucareiro ou os talheres com lembranças que não lhes pertenciam, e ligaria para o jornal para anunciar a venda de um caiaque de dois lugares, sem remos.

Mas antes era preciso vencer os dois bonecos que, soltos da prisão de seus pés, em súbito boiavam à superfície da água e, com os rostos imersos, faziam de conta que haviam perdido mais que os remos.

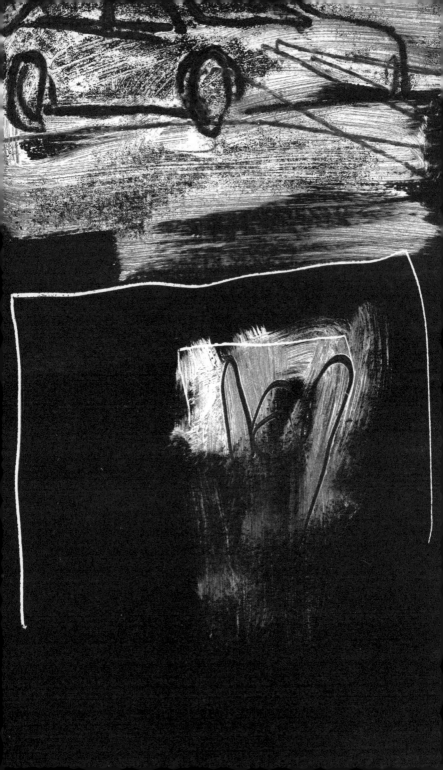

o vão do lado esquerdo da ponte

Primeiro, não pude esquecer a conversa nublada que tive com Bruna na saída do foro. Eu abria o carro e não a reconheci quando se aproximou de mim, transparecendo pressa. Não parecia a mesma Bruna, irmã de Beatriz: usava óculos escuros e, no lugar do nariz pontudo, um clichê de consultório. Disse que já estava formada, e vi a engenheira civil carregando papéis num carrinho com alça. Perguntei por Beatriz, e Bruna atravessou que a irmã estava bem, moravam ainda juntas, e que era estranho me encontrar naquele lugar, e eu disse que ali era o foro e eu era advogado, enfim, e ela olhou para os lados, parecendo muito angustiada. Olhei para um carro azul onde um menino de uns três anos a esperava, e perguntei Uma criança? É, uma criança, ela disse, já se despedindo muito rapidamente.

O encontro me deixou uma sensação de mal-estar, pois que Bruna tinha disparado todas as frases como se me devolvesse coisas esquecidas em sua casa. E o fato de ter respondido tão como quem confessa me deu a impressão repentina de que aquela criança era também minha.

Depois, no retorno para casa, com a autoestrada muito calma desde a saída da capital, vazaram lembranças. A chuva anunciada despencou, e pensei em ligar o rádio e procurar o futebol, mas a notícia de uma criança, seu eco, era tão insistente que o limpador do para-brisa não dava conta.

Beatriz, que era bonita até sem querer, teria conseguido então o filho? Havia sumido abruptamente justo quando pensei que a suspeita da gravidez de Paula já era fato superado. Mas eu e Paula não tivemos filho e ainda não aceitamos que um médico nos explique o motivo. Um dos dois é incapaz, é o que penso. Na época, Beatriz transformou tudo ao meu redor num inferno. Sem consciência de que Paula chorava um filho imaginário, Beatriz comprava enfeites de quarto e brinquedos de espuma, roupas para um menino – ela tinha certeza de que seria um menino – e sugeria nomes compostos, como se a criança fosse sua e, ela, mãe, tivesse decidido que teria um filho e não uma filha. Depois de eu ter destruído um presente "do menino" no pacote e precipitar-me para ela, gritando coisas estúpidas, brigamos fisicamente, e Beatriz forçou que eu lhe batesse no rosto. Juntou os pedaços do leão de mola em silêncio e trancou-se no banheiro até que Bruna retornasse ao apartamento e, ira de irmã, me mandasse embora. Beatriz ficou dias fugindo, sem pisar no trabalho. Não precisava confessar — descobri que ela sabia do aborto de Paula quando a vi, fumando forçosamente, e ela levantou a cabeça com os olhos mínimos e a carne do rosto pisoteada. A Beatriz que se apossara de uma gravidez alheia havia sido rival o suficiente para também sofrer o filho perdido. Disse a ela que aquilo era doença, que precisava de ajuda, mas ela me mandou embora, ameaçando-me com as unhas incrivelmente compridas. A partir de então, passou a me ligar com insistência, usando frases agressivas de uma mulher de quem tivessem arrancado uma cria: ameaçava ligar para Paula e exigia me ver nos locais os mais movimentados. Por isso eu me deixava arrastar ao apartamento de sua irmã, onde Beatriz me afogava com bebidas doces, estabelecendo conversas infindas que se suspendiam em vários pontos, quando ela bebia seus goles, e daí se imbricavam para todos os lados. Sempre chegava, contudo, à mesma ideia: insistia em que fôssemos morar numa cabana em qualquer praia. Nessas ocasiões, Bruna ia fazer compras no supermercado e desaparecia por horas, batendo a porta ao voltar, sinal claro de que eu deveria ir embora. Eu saía com uma lavoura nas costas. As unhas de Beatriz cada vez mais afiadas, e me parecia legítima a sensação de que ela procurava com armas de gato um filho que eu lhe havia escondido. Na boca, me ficava o gosto de toda a água que me fazia beber, apertando-me as orelhas com o interno das coxas.

Depois de uns dois meses não adiantava que Bruna voltasse da rua: Beatriz me levava ao banheiro, exigindo apenas a minha presença. Entregava-se até sentarmos no piso, sob a água, e entendermos que éramos dois filhos da puta.

Então sumiu, abandonando quase tudo: o telefone, o emprego, a faculdade, a maioria das roupas. Fugira para se esconder na casinha da praia, Bruna não sabia onde. Em uma semana, pude entender a perda do filho imaginário, pois passei a ligar para Bruna, várias vezes ao dia, exigindo que me dissesse onde Beatriz estava. Ou esperava no apartamento, usando uma cópia da chave que havia ficado comigo, e tentava de todas as maneiras saber em qual praia ficava a casa onde Beatriz se escondia. Quando Bruna ameaçou ligar para Paula, insisti em que fizesse, e que contasse tudo, e começamos a brigar na frente do prédio até o zelador pedir que subíssemos. Bruna parecia não me suportar mais: o nariz pontudo me acusava o tempo todo. Quando eu quis que me ouvisse e lhe agarrei os cabelos, ela me arranhou os braços, defendendo a irmã que adoecera por minha causa, e então ficamos divididos: fui fumar na varanda, suado de ação e grito. Ela arrumou as coisas da sala, esperando que eu fosse embora. Para que eu fosse, exigi que me emprestasse uma toalha. Antes de ir para casa, tomei banho; antes de sair do chuveiro, Bruna entrou comigo.

O rugido de uma buzina me tiraria das lembranças, e um caminhão me lançaria fora da estrada, pela lateral esquerda da ponte, e eu ouviria ainda os estrondos de uma primeira pancada do terreno irregular e da minha cabeça no vidro lateral: o carro enfrentava um campo de maricás secos que estalavam sem resistência. Ao clarear de tudo, numa trilha de chão batido, deparei com um casebre dos tantos que formavam a vila de papeleiros sob a ponte, e o carro, que ia atravessando paredes de papel,

chegou ao rio, arrastando um menino no para-brisa. No baque
da água, o menino foi lançado ao rio. Tudo ficou escuro. Eu
ouvia gritos, e o barulho dos carros sobre a ponte parecia rasgar as coisas que eu havia transformado lá embaixo.

Quando pude abrir os olhos, o para-brisa tinha, entre sangue, uma estrela de vidro de patas muito compridas. A água do
rio penetrava pelas portas. E logo tudo se dividiu em três momentos:

1) a porta da esquerda, embora resistindo, abriu, e eu saí
cambaio, com o rio pela cintura. Era impossível ficar de pé, e o
meu esforço único foi o de manter a cabeça fora d'água. Com
o olho direito eu procurava o menino e via o carro como que
arranhado por gatos; com o esquerdo eu via nada. O menino
deveria estar à frente do carro, mas era custoso divisar qualquer coisa com a chuva, a água escura do rio e a sombra larga
da ponte;

2) novamente fechei os olhos, forçando por me manter de
joelhos no fundo. Num sentimento de pavor, julguei que o menino estivesse sob o carro e procurei com as mãos por entre o
solo barrento até sentir que nem o encontraria e nem teria sangue para me levantar. Então, morrendo, eu já não escutava chuva alguma, nenhum grito, nenhum carro sobre a ponte. Também o mundo morria ao meu redor. E era apenas o barulho
sutil da água vencendo o meu corpo;

3) mas em seguida os sons todos voltavam a golpear-me a
cabeça e entendi que pessoas me arrastavam da água rasa e que
eu tentava gritar que procurassem o menino, mas eu era todo
tosse e me encolhia com o estrondo dos carros na ponte me
partindo em pedaços.

Francisco, meu sócio de escritório, me disse depois: eu entrara em alta velocidade pelo vão do lado esquerdo da ponte. Sorte que chovia, e as pessoas já tinham se recolhido. Perguntei pela criança que o carro havia arrastado da casa de papelão ao rio, e ele disse que não haviam dado pelo sumiço de criança alguma. Eu não tinha sequer batido na casa, só arrastado caixas vazias de papelão, empilhadas no pátio.

Saí do hospital em dois dias. Nenhum osso quebrado, apenas três pontos na cabeça e água suja no estômago. Francisco assumiu o que não pude nesse tempo. Relatei a ele o encontro com Bruna, a vacilação que me dividia, e fui aconselhado a procurá-la e perguntar se havia algo a mais que quisesse me falar, sobre mim, sobre ela ou Beatriz. Mas não tive ímpeto.

Quando meu carro foi entregue pelo seguro, a tinta vermelha sobre todas as feridas e arranhões, julguei que, assim como o carro, eu podia mascarar as cicatrizes dos pontos na cabeça. Mas enfrentava várias vezes o horror de cruzar a ponte, recordando o estrondo que partia todas as coisas lá embaixo. Lembrava sobretudo o menino e suas pernas nítidas no vidro frontal, e o barulho do corpo caindo na água.

Há duas semanas, a uns duzentos metros do fim da ponte, agora em sentido contrário, achei uma estradinha pela lateral direita, cuja curva levava ao rio. Meu pescoço tentava alcançar o máximo do trajeto daquela estrada que, eu antevia, encontraria o mesmo ponto a que o batalhão de maricás não me pudera impedir de chegar. Foi assim que entrei e segui por um trecho curto de asfalto até um saibro irregular que levava à vila dos papeleiros. Era ainda possível ver o rastro brutal por entre o emaranhado cinzento dos maricás. Dali se chegava a uma das casas de papelão. Um desvio inexplicável me tinha livrado de arrastá-la com suas pessoas dentro.

Desci, pensando em caminhar até o rio, mas o barulho da ponte, diluído àquela distância e ainda assim imenso na minha cabeça, era o suficiente para me impedir. Circulei a casa, observando as pessoas ao redor, que separavam papéis, acendendo fogo para o fim daquilo que julgavam não prestar. A casa era mais de papelão que de madeira: inacreditável que resistisse à beira do rio.

Foi quando eu retornava ao carro que a porta da casa se abriu e a mulher me olhou, assustada, julgando que eu estivesse para entrar. E, como ela esperava que eu dissesse alguma coisa, falei que eu era sócio do homem que se acidentara e tinha vindo ver como estava a casa. É uma casa de papelão, ela respondeu. O carro passou do lado. Meu sócio, falei, mencionou uma criança que o carro arrastou até o rio. Ela ficou em silêncio. Perguntei se tinha filho. Filho?, e afastou-se da porta para que eu enxergasse, ao fundo da casa, o corpo de um homem que dormia no chão, de bruços, sem camisa. Esse filho da puta aí nunca conseguiu me dar um filho: passa a tarde inteira catando papel de carroça; chega de noite, sai para beber e depois dorme até meio-dia. Ora, filho; só se teve com alguém por aí e não sabe, mas duvido muito. Saí dizendo que apenas queria confirmar que o carro não tinha atingido a casa. O carro só balançou tudo, ela disse. E também levou papel, a junção de um dia todo. Abri a carteira e paguei certamente bem mais que o estrago.

Voltei ao carro e, sem perceber, entrei num braço da estrada que tinha me conduzido até ali. Era uma trilha irregular, de terra, que acabava no meio de um campinho de futebol com uma só goleira. Meninos, muitos, suficientes para três times, disputavam uma bola suja pelo barro vermelho. Com o jogo invadido, eles cercaram o carro: davam tapas nos vidros, balançavam a lataria e pulavam ao redor, gritando palavrões. Um menino que mostrava a bola devia ser o goleiro, pois batia no para-brisa com umas luvas de borracha amarelas. Eu nada entendia e, com receio de sair de ré, dei uma volta pelo centro do campo até retornar à trilha inicial, quando os meninos deixaram o carro, fazendo uma algazarra de vencedores, e reiniciaram o jogo. A certa distância, desci e fumei um cigarro, olhando a disputa até entender que eram realmente três times que buscavam o gol na mesma goleira. Acabei de fumar sem que vencessem o goleiro uma só vez. Mas entendi enfim o que a mulher dissera na frente da casa de papelão e que não era mais preciso procurar Bruna ou Beatriz. E então voltei ao carro e cuidei para acertar a estrada de volta para casa.

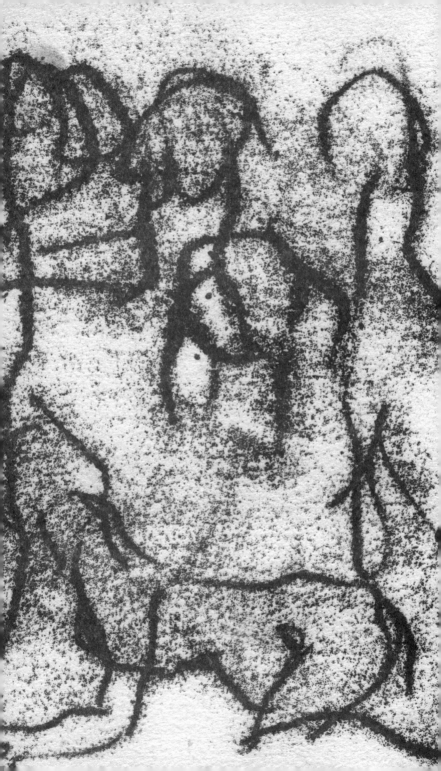

homens de verdade

A gente conhecia bem a força do Rui, e não era por ter enfrentado o cara. Todo mundo sabia que o Rui era forte pra cacete, sobretudo por ver ele fazer coisas que ninguém acreditava, como brigar com três ou quatro, geralmente para defender um de nós de alguma boca-braba. O que ninguém sabia era daquela outra força dele, de dentro, de mostrar que, se ele quisesse, mas quisesse mesmo, ninguém ia impedir o cara. Por isso, um dia antes, alguém levantou dúvida: se ele, sozinho, no querendo, podia vencer todos os outros juntos, só na força.

A dona Inês dizia que os amigos conheciam o Rui melhor que ninguém, e era verdade. A gente lembrava todos os apelidos dele, mas todo mundo falava, quando a dona Inês insistia, que nenhum apelido cabia direito no Rui. O que era uma mentira. Mesmo sendo mais velho do que a gente uns cinco anos, o Rui nunca saiu da escola especial por causa dos problemas na cabeça, coisa de nascimento. A dona Inês teve dificuldades para ganhar ele: o Rui era para ter nascido umas três horas antes, mas o médico contrariou, e ele respirou as próprias fezes. Por isso, quando alguém queria implicar com o Rui, sobretudo quando ele fazia alguma coisa errada, chamava ele de Cabeça de merda. O fato simples de notar: a gente crescia, todo mundo virando homem, e o Rui continuava criança. Mas era preciso ser mais que homem para visitar a casa da dona Inês e do seu Ernesto depois de tudo. Foi por isso que, quando os dois morreram – ele um ano antes dela –, a gente nunca mais se viu. Os amigos, até mesmo os menos chegados, passaram a ignorar o que todo mundo conhecia bem, decerto com medo de cavoucar onde homem de verdade não deve.

A coisa toda aconteceu nos taquarais em volta do conduto que a Brasilã usava para a lavagem final dos velos. Geralmente coberto de boiadeiras, o canal era perfeito para pescar michola, cará-manteiga e cascudo. Como o cascudo é peixe de barro, todos usavam caniço comprido, linha longa, chumbada de no mínimo cem gramas, três anzóis, sem boia, que a primeira isca tinha de chegar no fundo. O curso do canal, apesar de estreito, coisa de umas doze braçadas, tinha pontos onde a fundura da água chegava aos quatro metros, senão mais. Foi o Marcos quem começou a espalhar a notícia de que o Rui deixava que tirassem a roupa dele e que, apesar de grande, ficava quietinho de quatro. Ninguém acreditou, e assim todos quiseram conferir às ganhas.

Quando cada um de nós se tornou homem de verdade, o conduto estava cheio por causa de um mês de agosto em que o frio, o vento e a chuva chegaram atropelando. Perto dos canos de recepção da firma, os taludes tinham desmoronado, e as escarpas, resbalentas de lodo, ameaçavam derrubar o primeiro metido a besta na água gelada, profunda e escura, escondida embaixo dos ovos de sapo e da cobertura das boiadeiras.

Às cinco da tarde, a gente ia matar os últimos períodos de aula. O Marcos tinha combinado tudo: quando os outros chegassem ao taquaral do conduto, ele já ia ter convencido o Rui, e então era preciso que todo mundo fosse macho também. Assim, o grupo se encontrou na Praça do Tamanduá e dali seguiu em marcha. Alguém teria começado a contar piadas sobre homens vestidos de mulher durante um baile de carnaval do Clube Recreativo, e daí começou uma algazarra pelas ruas, alternando risadas, corridas e tapas nas placas de trânsito.

O primeiro a chegar ao conduto encontrou a trilha até o taquaral completamente embarrada, e o vento gelado movimentava as boiadeiras, mostrando a boca escura da água. Numa clareira a gente encontrou os dois e, sem plano algum de como se devia reagir, todos ficaram ao redor, entre assustados e curiosos. O Marcos estava com a jaqueta do colégio e tinha as calças arriadas: o Rui, na frente dele, tinha os joelhos afundados no barro e, talvez porque achasse certo o que estava fazendo, olhou para todos sem tirar a boca do Marcos. A gente se olhava, tentando riso. Mas cada um, ao seu modo, se afogava de medo. Quando o Marcos disse que ele podia parar, o Rui se levantou, esboçando limpar a lama dos joelhos. Olhava para todos e, porque alguém perguntou que gosto tinha, ele cuspiu e disse que era de mijo. Todo mundo riu; o Rui inclusive.

Tirando do bolso um pedaço de papel higiênico bastante amassado, o Marcos mandou o Rui tirar as calças, e ele obedeceu sem uma palavra. Ameaçou ainda tirar o blusão – um blusão de tricô amarelo e verde, enorme, com cara de ter sido feito com restos de lã. O Rui quase não tirava aquele blusão do corpo nos invernos, e, por isso, com as mangas e a gola frouxas, embolotado, a gente chamava aquilo de "a bandeira". Mas o Marcos disse que ele não precisava tirar a bandeira e então gritou para o Rui ficar de quatro, e o Rui, de novo sem falar nada, obedeceu. Com o papel higiênico dobrado grosseiramente, o Marcos limpou o Rui duas vezes. Mostrava o papel sujo, dando tapas nas orelhas do Rui e chamando ele de relaxado. Depois o Marcos cuspiu nas mãos e passou no Rui, que tentava fugir. O Marcos perguntava, quase gritando, se o Rui não era homem de verdade. E o Rui entendeu que era preciso fazer aquilo para ser um homem de verdade e voltou a ficar de quatro. Então o Marcos agarrou ele pela bandeira, abriu as pernas dele com um chute, e depois o Rui começou a assoprar velinha, de olho fechado, e quando abria os olhos era para olhar pra gente. Do pouco que se conversou mais tarde, apesar de tantas impressões diferentes, duas coisas ficaram claras: a primeira era que o Rui tinha feito aquilo tudo como um cachorro que segue o dono; a segunda era que o Marcos não fazia por um prazer quase selvagem de idade, mas por uma espécie de raiva que só dava pra explicar por um fato difícil do Marcos aceitar: a natureza tinha posto num mesmo corpo a força de uns três de nós e uma cabeça de criança.

O Marcos ainda fazia comentários, de que todo mundo ria, sem consciência da estupidez de tudo. Dói?, e o Rui olhava pra gente e afirmava com a cabeça. Alguns perguntavam várias coisas ao Rui – respostas de sim e não –, e ele, recebendo pancadas do Marcos por trás, respondia com a cabeça apenas. Então tu faz isso porque é amigo do Marcos, é?, o próprio Marcos perguntava, sem parar de dar tapas na nuca dele, e o Rui, de joelhos, confirmava. Os outros também são teus amigos, o Marcos disse perto do ouvido dele, mas num volume que dava pra todo mundo ouvir. Ao ser solto, o Rui tentou fugir de joelhos, mas o Jocimar agarrou ele pelos cabelos. O Rui, sempre de joelhos, se enlaçou nas pernas do Marcos sem parar de gritar o nome dele. O Marcos gritava que ele tinha de fazer com os outros também – ele não era homem de verdade? E dava tapas bastante fortes na cabeça do Rui. O Jocimar, talvez por ter sido quase estrangulado pelo Rui um ano atrás, também batia.

Num único movimento com as mãos o Rui derrubou os dois que cercavam ele e tentou correr. Mas as calças enroladas nos pés não deixaram o Rui ir longe. Cada vez que caía, ele era cercado por todos, que gritavam ameaças pra ele, como que contariam aquilo para a cidade inteira. Nesse momento todos já eram selvagens, quase homens.

O Rui se livrava de quem tentava pegar ele pelos braços e conseguiu chegar ao conduto. Agarrou os cabelos, mordendo a própria boca, como fazia quando ia brigar. E então o cerco temeu que ele pudesse pôr toda a força contra um só. E foi mesmo que o Rui escolheu um: e então, com três passos, pegou pelos cabelos o Marcos todo paralisado e, como um cachorro de briga, sacudiu ele pela cabeça até atirar o Marcos sentado no chão. Em seguida, depois de olhar na cara de todos os outros, mordeu os dedos da mão direita e se atirou na água, abrindo um buraco no meio das boiadeiras, até que a bandeira desapareceu no fundo escuro, e o cerco das plantas aquáticas se fechou de novo.

Todos se aproximaram do barro da margem esperando que o Rui voltasse à tona e então tudo se acalmasse: o Rui ia esquecer a raiva, e a gente ia poder voltar cada um pra sua casa e seu segredo. Mas o fato era que, depois de um tempo, o Rui continuou no fundo da água, não dando sinal nenhum de que ia aparecer. Dois de nós, sem tirar as roupas, mergulharam no canal, voltando a instantes e revelando uma situação bizarra: o Rui lutava com toda a força para que ninguém socorresse ele. Era preciso toda a ajuda para arrancar o Rui de lá. Desordenadamente a gente foi entrando na água fria. Mergulhando na escuridão, todos ouviam os ruídos abafados de uma luta. Era um pesadelo sinistro: quanto mais se forçava para arrancar o Rui da água, mais a gente sentia que o corpo dele se enterrava naquele barro espesso. Com a força que o Rui tinha, se ele quisesse, levava dois ou três para o fundo movediço, mas com os braços e com as pernas o Rui afastava a gente a chutes e socos. O pessoal ia subindo para respirar, todos cobertos de barro, trazendo pés de sapato, pedaços de calça e da bandeira. Sem as roupas, o Rui lutou até ser vencido pela falta de ar e pelo frio, desaparecendo, simplesmente, enterrado no panelão de lama.

Era começo de noite quando a gente se sentou para ver o buraco entre as plantas da água refletir o risco de lua. O vento mordia fundo, mas só o que a gente escutava era o choro das taquaras. E o fato é que todos esperavam que o corpo ao menos viesse à tona. Mas, completamente cobertos de barro, muitos talvez torcessem para morrer de frio. Ninguém se olhava. Emudecido, um de nós se levantou e juntou os pedaços de roupa que tinham sobrado de toda aquela desgraça. Foi quando os sapos começaram uma cantoria aterrorizante e alguém, ninguém nunca soube precisar quem era, começou a chorar, escondendo o rosto no blusão molhado.

E o corpo não apareceu.

Pessoa inteligente disse que os pedaços da bandeira serviam de prova. E realmente os restos de lã em verde e amarelo provaram o heroísmo.

A gente foi saindo em fila com todas as dúvidas na alma, e, quando a maioria já tinha passado a cerca, alguém notou que o Marcos permanecia sentado, olhando o canal. Acreditavam que ele esperasse ainda pelo corpo.

Não vem?, alguém gritou perguntando, e eu respondi que já estava indo enquanto pensava em quem de nós seria homem de verdade para avisar à dona Inês. Fiquei olhando a lua que, refletida no meio das boiadeiras, lentamente ia sendo engolida até desaparecer na água escura. E só levantei depois de ter certeza de que todos já tinham ido embora.

dois afogados

A 130 km/h, eu queria que ele engolisse a fala a 130 km/h, e ele olhando o facho verde e as vacas que vão voando rápido pra trás, virando miniaturas no retrovisor. 140, e o ponteiro avança, e o rio do horizonte é uma boca que tem sede, mas os olhos dele se mantêm tranquilos na paisagem. 150, e a direção treme, e ele aperta a garrafa de água mineral, dois litros, e bebe uma sucessão de goles, limpando o rosto. 150 e quase 60, e o vento come num estrondo os automóveis contrários. Mas conheço que toda essa calma dele de olhar as vacas é calma fingida. Se escondendo numa garrafa de água mineral, é?

[PORTO ALEGRE 23 km]

23 quilômetros não levam 20 minutos pisando a mais de 100. E, por enquanto, o carona do meu lado não me foge nem se afoga. Ao passarmos pela capela, conheço que as mãos dele, enormes, farão o sinal da cruz. Mas não haverá remissão, e, quando estivermos no fundo do rio, quero ver quem acha a luz do céu primeiro.

Eu:
— Sabe que placa é essa?
— É um desvio.

Um desvio, filho da puta.
É padrinho do Pedro. Mas, se me chamar de compadre, agarro ele pela goela, e o carro que nos guie ao inferno.

— Ficar atrás de caminhão é dose, ainda mais neste trecho difícil de ultrapassar: de que adianta terem nivelado o acostamento se os caminhoneiros são todos uns cornos?

É ele comentando. E eu penso que, por enquanto, ele pode continuar passeando os olhos pela superfície das coisas. Um desvio. Ele é o vento na piscina. Mas daqui a pouco vai ser mais fácil saltar pela janela do que me encarar dizendo tudo o que quero.

Sujeito mais asqueroso: rosado feito um porco escaldado; não consegue falar sem que pegue forte nos braços das pessoas com as mãos redondas, pegajosas, deixando sinais. Bebe, bebe mais água mineral, que essa água nem te limpa nem te afoga.

Eu:
— E essa?
— Até criança sabe.

Até criança.

Eu queria agora vencer o caminhão porque queria mais velocidade pra dizer tudo o que ele merece ouvir neste calor. Mas me sinto de vidro aqui: é como se ele soubesse tudo o que o meu rosto não esconde, e isso me deixa de mãos atadas à direção do carro que nos leva a Porto Alegre. Porque é ele aqui do meu lado, e a sensação que tenho é de que ele é bem maior que eu. Não tanto porque seja gordo, que é. Mais porque eu, apequenado, guio minha vontade de lavar toda a sujeira, apenas isso. Se o carro é a minha maneira de externar irritação, porque nem franzir a testa eu faço, parece que funciona, pois não deixa sinais. Estamos a 60 atrás do rastro de fumaça do caminhão. Mas no asfalto tem um rio que caminha pra frente, se desenrola de si mesmo e permanece sendo horizonte. O rio que espera. E pacificamente o carona bebe água mineral. Mas eu conheço todos os sinais.

[VOCÊ NÃO ESTÁ MAIS SOZINHO: TRECHO SOB CONCESSÃO]

E vai que os carros contrários pararam de vir e uma brecha, um carro ao longe que eu enxergo pela metade, mas não ultrapasso não. A velocidade dele eu não sei, e vai que o caminhão seja comprido e me tranque mesmo. O gordo abre um riso fininho, de não mostrar os dentes, e me oferece a garrafa de água mineral. Não ultrapasso o mesmo receio que tenho de enfiar o dedo na tua cara, gordo, e isso não é medo, é receio, e esse receio é sempre do depois. Não quero água. Ultrapasso errado e depois? "Fez ou não, gordo?" Então ele diz "fiz", e depois paro o carro e faço o quê? Ele é muito maior que eu, e eu não trouxe nem uma chave de fenda sequer. E se bater nele, é o sinal, tenho de continuar batendo e batendo.

Eu:
— E essa?
— A pista vai ficar dupla.

100 de novo. O gordo apenas ergue as sobrancelhas e bebe mais água.

— Sabe nadar?

— Sei não.

— Notei, na piscina.

— Maravilhoso tudo: o churrasco, a piscina, as crianças.

— Nem tudo.

Ele fica em silêncio, os olhos alisando a paisagem.

— Este sol de agora podia ter aberto de manhã. Amanheceu com sinais de tempo bom — despisto.

— É — o gordo confirma.

Peço a ele que arrume o espelho do carona. Ele obedece e depois me toca com a mão gosmenta, perguntando se ficou bom.

Ele:

— Posto daqui a um quilômetro — as mãos pegajosas no braço de novo.

Imagino a piscina àquela hora. O sol fraco, as árvores muito perto, eu e o Pedro buscando gelo, e um bicho à espreita de uma criança sem grito.

— Você anda meio quieto! — um gordo desconfiado daquilo que eu sei; as mãos moles parecem feitas de esponja.

Vontade de quebrar teus dedos.

— Acho que o almoço não me caiu bem.

— Ruim do estômago? — o gordo que não olha nos olhos; o rosto brilhando como estivesse com purpurina.

— É, tem uma coisa me embrulhando o estômago.

— Tem de tomar um sal de fruta. Almoço com piscina pode ser um problema.

— Acha mesmo?

— Justo. Por isso esperei até baixar a comida pra depois entrar na piscina. Quer água?

Chega mais perto, e eu te afogo.

— Não, não quero.

[POSTO TEIXEIRINHA]

⇨ [pisca-pisca]

— Deixa que eu pago a gasolina! — gordo se fingindo de parceiro.

— Não precisa!

O gordo insiste, e então aceito. Querem verificar óleo e água, e eu quero ficar quieto por enquanto. O gordo sai, balançando os quadris de hipopótamo. Volta com outra água mineral e se senta, sacudindo o carro. A mão forte fecha a porta, puxando pela porta mesmo.

Vai soldar a porta, animal?

— Fechou?
— Fechou!

Dou nova partida.

⇐ [pisca-pisca]

Ele:
— Animais na pista.
— Não, animais soltos na pista.
— Qual é a diferença?
— Toda.

Ele de novo:

— Com este calor, não sente sede?

— Tenho sede, mas não é de água.

— De quê?

Do rio, sabe?

— Não sei ainda.

[PORTO ALEGRE 12 km]

Ocorre então um longo silêncio de um motor forçando. Dá pra imaginar uma criança querendo se afogar. Ela chora sem conseguir dizer o motivo. Estará na piscina, encolhida no fundo. Quando a retirar da água, ela vai tentar gritar, mas tudo será muito baixo porque ela não aprendeu grito. Depois fugirá, procurando uma toca entre as árvores. E então as marcas, a força, a vergonha do mundo. Da mansidão o horror.

Eu engatilhando dizer, engatilhando dizer (mas um carro atrás me forçando para o acostamento), e o gordo coçando a palma da mão.

— Sabe?, parece, eu aqui sentado, que tu quer me dizer alguma coisa que eu não sei — ele tira pelezinhas dos cantos das unhas com a garrafa embaixo do braço.

Sabe sim.

— Eu tinha mesmo uma coisa, uma coisa pra falar — aperto a raiva no volante.
— Fala — o gordo pede.

Vou falar sim, e então finjo arrumar o espelho interno e na verdade preparo a primeira palavra que quer sair.

— Depois que a gente sair da faixa.
— Se vai pegar a Farrapos, cuida que o movimento agora é intenso.

Enfio o braço pra fora, minha mão devora o ar, e o ar me estremece os dedos na ponta, me dando a sensação de uma força súbita. Minhas unhas vão crescer com o vento, vão ficar enormes.

Ele:
— Essa aí significa um cruzamento adiante.

Consciente da minha angústia de três ou quatro quilômetros, preso ao cinto de segurança, engulo em seco. O sol vermelho à frente me identifica, porque é assim que me angustio. É o sol mais vermelho do mundo, e os olhos ardem quando corto a estrada ao lado do homem que, no exato instante em que dirijo um automóvel, é quem mais fácil pode me machucar. Armado apenas com mãos e água, ele vai me afogando. O rio me foge. E o rio é só o efeito, o mesmo espelho d'água no asfalto fervente que se dissipa e se refaz mais adiante conforme avançamos. E, se é fúria, que eu atire o automóvel em direção às pilastras da ponte, acabando com isso tudo.

No vão, o rio é longo e sempre entrega uma brisa lateral que nos entra e sai e nos entra de novo, vencendo o morno que a tarde alta deixou aqui dentro.

Eu:
— Essa tu não entende.
— Proibida a ultrapassagem.
— Sabe o significado, mas não entende.
— Como assim?

Um carro vingador podia fechar os olhos e nos varrer. O gordo limpa o suor com a camisa. Tenho a frase agora. Fecho os olhos e vou dizer, já digo.

— E o que significa uma criança com vergonha de abrir os olhos?

— Não entendi.

— Dá pra imaginar uma criança tentando se afogar?

O silêncio abafado. Pessoas em outros carros conversam seus segredos.

— O que tu fez com a Helena? — pergunto sem mudar a direção do olhar.

Ele é golpeado e se vira para o lado de onde vim. Mas não se afoga com a água.

— Quê?

— Te meteu a besta com ela? — Freio súbito, que quase apaga o motor.

É um golpe seco, porque, então, um silêncio se impõe. É o mesmo silêncio da Helena e sua linguagem de sinais, insuficiente para que eu entenda a coisa nova cuja natureza não é nem do abraço nem da pancada.

— Não te entendo — ele tenta fugir pela paisagem de concreto, mas não há muito o que olhar. Os olhos perdidos.

— Sabe quantos anos ela tem?

Engato a segunda marcha arranhando.

Ele balança a cabeça perdidamente, bebe outro gole e me dá a garrafa no exato instante em que chora como um menino sem pai.

— Não sei do que tu tá falando. Pra que isso agora?

— Ela tentou se afogar. Sabe por que é que uma criança tenta se afogar?

Ele não sabe, e é quando paramos novamente.

Automóveis e caminhões são apenas fachos cruzando num único sentido. Os primeiros faróis já acesos. Arranco a garrafa d'água das mãos dele. Tenho sede. E neste momento estou me deixando ir ao fundo silencioso da piscina. Mas subitamente salto da água e digo que vou perguntar mais uma vez por que a minha filha tentou se afogar e então engato a primeira. A Helena está chorando num canto do pátio, perto da piscina. Ela não quer abrir os olhos. Se pudesse falar, teria me dito que o pior não aconteceu. Mas vou juntando as marcas vermelhas, dedos grossos nos braços e nas pernas, os sinais mais estúpidos do mundo, e prometo a mim mesmo que ele vai morrer afogado.

Ele não sabe por que uma criança quer que uma piscina não tenha fundo. Mas conheço os sinais. Já passamos por todos os pontos, mas ainda tenho chance. E por isso mergulho no rio que corre, todo buzina, ferro e borracha, com o pé direito, que tem muita sede.

⇨ [pisca-pisca]

incêndio no rio profundo

Quando o rosto do velho Antônio apertava-se, já se sabia, vinham as reclamações de que o incêndio havia retornado, queimando-o todo por dentro. Na fraqueza, uma sensação fluida de algo que o estômago, talvez fosse o estômago, consumia. Compreendesse: um rio que, pegando fogo, ia findando, dentro dele. Fazia um mês, desde o começo do verão. O rosto já mostrava as taipas.

E mostrava para Tiago, que não compreendia aquilo de água que pegava fogo. Varava o tempo, esperando sem saber o quê. Haviam lhe dito que não era direito deixar o padrinho. Pois então. Estavam os dois na casa, e o mato não respeitava doença: tomava as coxilhas e arrastava-se, alto, até o pátio. Fazia mais de trinta dias, e apenas os moirões pareciam os mesmos. Castian'Eli vinha com a cara de bugre, os olhos fechados como diante do sol. Queria saber como o velho estava. Pior. Igual às ovelhas, o capataz pensava, apertando a boca, como quando analisava um problema difícil até achar solução. Não havia. E então se retirava, rangendo os chinelos. Se precisasse buscar médico, ele montava no gateado e ia. Avisassem.

Porque três ovelhas já haviam morrido, embora ele trouxesse, todos os dias, ração e água, como de costume desde que Antônio o tinha recolhido. E, agora que não recebia pelo serviço, Castian'Eli quitava uma dívida de amigo. Então conferia o bebedouro e as pastagens; avaliava os cascos e focinhos de cada animal. Mas as ovelhas estavam cada vez piores. Os bichos adivinhavam.

Que o velho sumia na cama. Sentia-se num espeto de última brasa; então gritava por água até que o afilhado o atendesse. E Tiago vinha, fazendo as vezes de enfermeiro por ter sido criado como filho depois que os pais fugiram da estância para o Uruguai, levando um fusca e um faqueiro de prata. O velho não quis ficar no hospital curando diabetes nenhum. Havia feito um inferno para os funcionários. Compreendessem: preferia ficar com os bichos em casa. Depois o médico explicaria tudo a Tiago, dando manuais de como tratar a doença do padrinho: insulina duas vezes ao dia, doses precisas. Que lhe cuidasse feridas na pele, principalmente nos pés, que não deveriam ser lavados com água quente. Secasse bem entre os dedos. Alimentasse o seu Antônio sem nenhum açúcar, pouca gordura e amido. O pão era amido. O arroz também. E aipim. Batata e feijão, amidos. Nada de bebida alcoólica. Tudo isso ele anotou no verso de um calendário que pendurou ao lado da geladeira. Passaria os dados a Rossália, que comida não era responsabilidade sua. A mulher de Castian'Eli passou a preparar todas as refeições, também por gratidão. Só não levava até o tabuleiro de Antônio por ter as pernas arruinadas pelas varizes. Então, todos os dias, Tiago caminhava até a fazendola dos dois amigos e voltava trazendo as viandas. O velho indignava-se com os legumes e os verdes das saladas. Queriam ensiná-lo a relinchar, compreende?

Não era preciso, era o que Tiago pensava ao olhar o doente que apertava os ossos, tateando os olhos no buraco da cara. Estava cego. E se já não usava dentadura era por erupções terríveis na boca e por aquela queimação interna que lhe dava gosto de casca de limão embaixo da língua. A saliva havia sumido, e os lábios colavam nas gengivas. Até as pálpebras lhe doíam, de lixadas. Que lhe desse algum remédio pras vistas.

Que remédio?, se, reclamando de tudo, Antônio proibia que se chamasse médico. Gritava com o afilhado. E, de onde estava, Tiago largava o que fazia para ouvi-lo dizer que talvez não suportasse mais uma noite.

Mas suportava. Nas primeiras três semanas, Tiago julgava estar enlouquecendo. O padrinho o chamava a minutos, pedindo-lhe coisas estúpidas: que fosse ver as ovelhas, havia escutado graxaim. E os perus estavam agitados por causa do lagarto dos baixios que subia pra buscar ovos. Fosse ver se chovia. Já tinha apagado o fogo? Esquentasse água, precisava do chá de jambolão.

E que depois fosse buscar a comida com Rossália, que perguntaria pelo doente, e o padrinho estava na mesma, e então Tiago voltaria, deixando a mulher com a sensação de culpa por não saber preparar comida para quem estava de cama. Descorado, o velho tentaria comer, mas se engasgaria, pedindo água para engolir qualquer coisa.

Qualquer coisa, porque o velho afinava. Um cheiro forte de vinagre infestava o quarto. E, como Tiago não sabia por quanto tempo aquilo se estenderia, teve seu martírio ampliado nas ações. O rio profundo pegava fogo, e o velho pedia água, muita, a todos os instantes, e a queria fresca, sempre. Precisava abafar o fogo mordente, incisivo, que lhe parecia cravar uma pua por dentro. O azedo lhe subia até as narinas. Era a água pegando fogo. Então reclamava que o rapaz a trazia quente. Mas Tiago lutava com o poço, que, como as ovelhas, era todo presságio e agonia.

Agonia porque, não bastando a água constante, o velho urinava na proporção, gritando ao afilhado que lhe trouxesse o papagaio inúmeras vezes ao dia. A água parecia passar direto pelo corpo, era lá possível aquilo?

Era, como era possível também que o velho aguentasse o fogo intestino, Tiago suspeitava. Iria emagrecer, talvez sumir, mas até quando? Naquela vida de escutar alguém morrendo de sede por mais água que bebesse, Tiago lembrava o padrinho com saúde, mais forte que gordo, a ordenar os peões com os bichos e a gritar com pessoas da casa, inclusive com ele. Mas nunca tivera raiva do velho. E, se estava ali suportando seus últimos dias, não era pela casa ou pela terra. Na verdade, cumpria aquilo por não ter para onde ir. Haviam dito que ele precisava cuidar do padrinho, e ele ali estava porque assim lhe haviam dito. Se o velho fosse chupado pelo lençol, talvez nem soubesse o que fazer: não seria capaz de enfrentar o mato ou uma cidade, e esperaria que lhe dissessem como agir ou que algum parente perdido aparecesse.

Para saber que, nos últimos dias, Tiago acompanhou o velho que delirava, o esqueleto nítido a pedir água, sempre. Os olhos anuviados, imensos como de um louva-a-deus, assustavam-no no escuro, mesmo que não alcançassem ver qualquer coisa. Porque os olhos resistiam, abrindo-se em meio aos sonos contínuos, cada vez mais cortados de um sofrimento que não era dor talvez, e que talvez fosse sede e fraqueza, a sensação de estar repetindo e repetindo que se afogava num rio todo fogo.

Mesmo na noite em que choveram pedras, e algumas telhas foram quebradas, e goteiras fortes obrigaram Tiago a espalhar bacias pela casa, o velho quis beber a água da chuva. Tiago trouxe quase dois litros numa leiteira amassada. O velho bebeu sem tirar a boca, respirando alto. Tiago estava encharcado e assustava-se sem compreender como alguém que bebia tanta água poderia morrer de sede. Nessa noite o velho não dormiu. Sacudia a cabeça de um lado a outro da cama, balbuciando que cãibras lhe comiam as carnes. As mãos se apertavam de dor, e ele dizia que dentro da cabeça bolas de bocha se chocavam com o fundo dos olhos.

Até o amanhecer, quando o velho já não levantava as mãos nem movia o pescoço. Falava aos pedaços, e as pálpebras haviam se entregado. Sentia dor nas cadeiras. Não ia aos pés fazia mais de três semanas, não era? E então pediu a Tiago duas coisas: que não fosse embora nem o deixasse morrer de sede. Tinha a sensação de que lhe apertavam todo num tarro de leite, mas que ele ia resistir até que sumisse. Compreendia?

Tiago compreendia sim. Havia cruzado a noite sem dormir. Não imaginava que acompanharia a agonia do padrinho até enfrentar-lhe a caveira. Tentara fugir, alta noite, mas, ao sair à rua, apenas pudera ver o mato escuro e a chuva sem relâmpago. E escutara um resto de voz a lhe pedir água. Não havia lugar para ele no mundo, e, ao retornar para dentro de casa, voltava a escutar da boca do padrinho o pedido aterrorizante. Imaginava-se mau, espinhento, um bicho de cola sem atinar o que pudesse fazer. Também ele estava mais magro, também ele mordido por dentro.

E novamente invadido pela voz do velho, como se viesse de um lugar da rua, a chamá-lo. Queria água. Tiago alcançou um copo.

Que o velho mal podia segurar. Sentado no tamborete, Tiago ainda viu o esforço que o padrinho fez para erguer a nuca do travesseiro e dar a entender que o olhava do escuro, onde um sono dominador ressuscitava os restos de fogo de um rio em brasas. Num esforço, talvez o último, o dindo abriu a boca e pediu não água.

Apenas insulina. Mas, na sua profundeza, Tiago estava decidido a matar-lhe a sede, desde que começara o verão: como há mais de trinta dias, levantou-se, encheu a seringa num copo d'água, 100 unidades, e voltou a alimentar o incêndio no padrinho.

unha e carne

Irene, seu nome. Encruzilhada do Sul, o lugar aonde o marido ia trabalhar havia quase um ano, nas quintas e nas sextas, levando uma muda de roupas e a caixa onde cabiam a colher de pedreiro e todo o seu clã de objetos treinados, além de outras coisas miúdas, enroladas em papel de jornal. O balde de metal, talvez fosse zinco, não tinha folga ou fim de semana: fazia a primeira viagem e só voltava quando todas as aberturas da obra estivessem nos lugares. No vai e vem entre casa e serviço, a tampa da caixa levava, em letras queimadas a ponta de prego, apenas Jorge, o nome dele.

Ela juntava a louça, arrasada de ideias que cruzavam a sua frente, o que quer que estivesse fazendo. Houvesse água, e a esponja levaria, sob a espuma, toda a sujeira aparente. Ainda assim, aquilo que Luciana dissera retornaria como uma mancha a impregnar o pouso dos olhos. Irene perdia-se de Irene, e, separadas, não dariam conta de lavar tudo.

Sua filha, Luciana. Viera para almoçar ou para lhe dizer aquilo? Não era abrir os olhos, como tinha dito: era chamar os ciscos, juntar a barafunda de tralhas espalhadas ao redor da casa e dispor tudo sobre a mesa. Pois então tinha lá cabimento Luciana chegar às onze da manhã, sexta-feira, e cutucar os nervos da mãe? Não, não tinha. A filha trazia a galinha pronta da rua e ajudava com a fome da cozinha; reclamava de que a mãe jogasse fora o copo trincado, mas que diabo!, e Luciana não entendia mesmo que a mãe era apegada a suas coisas, unha e carne, mantendo ainda a gaveta de talheres aleijados? Depois Luciana pedia à mãe o mate gelado, estendia a toalha, colocava os talheres e, sob o calor que parecia estalar as paredes da casa, revelava o que o seu Jorge tanto fazia em Encruzilhada, nas quintas e nas sextas, desde agosto.

Dália, o nome dela: uma baixinha de cabelo claro, meio amarelo. Tinha um instituto de beleza com seu nome na Rua da Luz. Ficava pra trás da igreja, era fácil de achar. Duas negrinhas e um loiro de cara larga e furada a ajudavam. A fachada era cor de mostarda com aberturas em branco. No contorno das janelas havia tijolos à vista, e Luciana os descrevia do que imaginava, alinhados como seu Jorge gostava que ficassem. Era o que uma colega de trabalho de Luciana, a Irma, conhecida da casa e agora moradora de Encruzilhada, tinha visto ao fazer uma escova para um aniversário de quinze anos. Que fossem ver. Mas ela, a filha, não iria mesmo que Jorge fosse seu pai.

Por que Luciana fazia aquilo Irene não compreendia. Comiam em silêncio, Irene olhando para a filha e suspeitando um enrolado de coisas: a mãe se juntava com o pedreiro; a filha acabava ouvindo aquelas histórias, o salão de beleza e a mulher baixinha, e se considerava enganada sentindo o que a mãe sentiria; a mãe, percebendo então tudo aquilo na filha, não podia fugir sem que, por duas, tivesse, ela só, de enfrentar o salão em Encruzilhada.

Luciana pediu café. Antes que Irene se rendesse e lhe pedisse para não acreditar nas coisas que ouvia, a filha arranjou modos de olhar o relógio, inquietar os cabelos, atirar os olhos aos cantos e dizer que tinha de ir, senão chegaria atrasada ao trabalho. Irene, ao portão, sentia então que mais coisas ficariam à espera da água. A filha ainda disse Não precisa ir se não quiser. Mas Irene sabia, desde que Luciana fora morar sozinha, que aquilo tudo entre a filha e Jorge era como a louça. Não precisava lavar se não quisesse.

Por isso, às três e meia, já descia de um ônibus em Encruzilhada, vestida para uma festa, meio salto, brincos e gargantilha cor de prata, uma pia nervosa na cozinha de casa. E Irene não sabia bem o que faria, como faria. Precisava ser como Luciana: entrar no instituto trazendo a galinha pronta da rua.

Diante da igreja de Encruzilhada, Santa Bárbara, a padroeira, Irene olhou para o relógio mas não viu as horas. Ainda não entendia se viera até ali por Luciana ou se por ela própria. O medo e a curiosidade a empurravam, e, no fundo, precisava ser outra e estar onde estava por si mesma. Era Irene, mas as coisas pareciam invertidas desde que se juntara com Jorge. Luciana começara sua oposição, primeiro silenciosa, depois assumindo os passos decisivos que a levariam a morar fora e dividir Irene. Era de Jorge, e fazia o que a filha lhe pedia nas poucas visitas, quase ordenada. Deixara a louça suja na casa, por exemplo, mas agora era como mudar de nome, e não se suportaria sem água por muito tempo. Talvez desistisse por si mesma, se uma pessoa não cruzasse pela frente e Irene já não perguntasse. O instituto ficava a duas ruas dali. Rua da Luz. Por ela e pela filha, decidiu.

Só quando entrou na Estética Dália foi que admitiu não estar pronta nem por Luciana nem por Irene. O rapaz loiro despejava uma bacia, arrumava suas coisas de manicuro. Uma das meninas negras, com uma caneta na mão, anotava números que lhe passavam por telefone. E Dália não era nem mais velha nem mais nova. Bonita apenas, mas da beleza das coisas com que trabalhava. O cabelo, armado com fixador, menos claro do que imaginava Irene, fazia brilho. As mãos cheias de pulseiras trabalhavam com a tesoura, dois dedos juntando as pontas dos cabelos de uma moça de trinta anos, mais ou menos. Era o que Irene podia ver, porque Dália era tão miniatura que quase parecia encoberta pela cliente não muito alta e sentada diante do espelho.

Tinha marcado alguma coisa? A negrinha. Não, não tinha. Cabelo ou unhas? O moço loiro livre. Unhas. Nome? Irene. Pra quando? Agora. Daria pra marcar os cabelos para depois se quisesse. Não queria, mas, pelo jeito como a menina a olhava, sentiu que, para ser outra, outro cabelo, e então tinha de ser. Com a Dália? Precisava ser com a Dália sim.

O rapaz loiro arrumou a cadeira e as toalhas, falando sobre a limpeza de seus alicates. Forno de não sei quantos graus. Pés e mãos? Sim. Irene o olhava com sustos, parecendo furada por algum olho espião. Sob a calma com que ele lhe tocava os pés, porém, sentiu-se dominada pela água morna e todos os pequenos carinhos nos cantos das carnes. Aquela era bem Irene; a bacia, o seu ponto fixo de calma. Mas logo o loiro lhe cruzava pela frente dos pensamentos cores de esmalte, uma delas muito bonita, cor de carne, quase um vermelho. Aquela cor sim, e Irene procurava ao redor uma imagem confortável de olhar, que combinasse com os cheiros do salão, e reconhecia no soalho uma paz higiênica, concordando enfim que aquele era um lugar simples, mas limpo e bonito. Não podia ver a dona do instituto, por estar de costas, mas a ouvia falar com a cliente sobre o penteado e a festa para que se destinava. Umas vezes, poucas, o busto de Dália cruzava pelo espelho. E Irene viu-lhe as unhas impecáveis das mãos justamente quando, findas as suas dos pés, o loiro lhe trabalhava nas mãos também. E, agora que o rosto do loiro ficava mais próximo, e Irene lhe via os furos da pele e o reboco todo da maquiagem, teve medo quando ele sorriu e perguntou, parecendo muito orgulhoso, se lhe tinham agradado os pés. Foi só então que Irene olhou para si mesma e disse que sim, que até pareciam os pés da filha. Que idade tinha a filha? Dezenove. Viu só, disse o loiro, agora só faltam as mãos e o cabelo ficarem com dezenove também. E, enquanto as mãos iam cobrindo alguns anos, Irene escutou o secador de cabelos muito intenso e viu a cliente sair, conferindo a simetria do corte.

Terminadas as unhas, a negrinha a levou à cadeira na frente do grande espelho, e Irene, que olhava as mãos, sentiu um abismo ao encarar o próprio rosto muito de perto. Mas Dália já lhe surgia por trás, avaliando os fios e perguntando como seria. Como seria? Como o cabelo da filha, era isso? Então assim: À altura dos ombros, buscando a cor natural, mas sem os brancos, e com volume, disse. Segundo Dália, precisaria de tinta. E convinha, quem sabe, mudar de cor. Escolhia depois, respondeu. E a mulherzinha começou, prática e hábil, a retirar, de trás dos cabelos que Irene usava, uma outra Irene. Via apenas o rosto de Dália, os olhos muito fixos em vários pontos, medindo e picando. E perguntando, às vezes, coisas difíceis: Irene morava perto da igreja, era casada com um motorista, tinha uma filha de dezenove anos, trabalhava só em casa, mas já tinha sido cozinheira em hotel. Dália trabalhara também em hotel, mas achara o próprio negócio. Tinha reformado tudo no salão, do piso ao forro. As janelas, conseguira umas novas do mesmo feitio. Mas a porta teve de trocar, senão era ladrão na certa. Tinha gastado muito?, Irene queria saber. Só o material, que a mão de obra tenho em casa. Mas ó: tinha valido a pena, porque não ia parar de trabalhar quando viesse a criança. Dália continuava falando, mas Irene parecia oca, vendo os vultos que cruzavam por trás da estatura diminuta da cabeleireira. Logo em seguida veria a figura nitidamente redonda, um vestido um pouco largo, mas apertado junto à barriga de uns seis ou sete meses. Não contava com a terceira figura, cruzando-lhe assim o espelho e a cabeça; bastavam ela e ela.

Que havia acontecido?, Dália perguntava, mas já lhe perguntava apenas aos cabelos. Chamou o loiro, que trouxesse um copo d'água. Dália falava coisas de uma mulher que amolecera de repente. Irene confessou que fora um medo. Medo de quê? Ela não sabia o que dizer, mas disse que seria medo de o marido não gostar. Cruzes, e Dália parava por ali? Irene olhou o espelho e distinguiu as duas negrinhas e o loiro, nos afazeres da normalidade, e pediu Sem tinta – que apenas terminasse o corte.

Pagou e saiu encolhida, como que se escondendo – da filha ou de Jorge? Não sabia bem. Caminhou apressada, sentindo o calor atingir-lhe o pescoço mais que o costume, e, ao olhar as unhas, teve um enjoo de ver o buraco dos dedos de onde elas tinham sido arrancadas.

No ônibus de retorno, por isso, enfiou as mãos dentro da bolsa e fugiu das janelas e seus vidros. Mas repetiam-se na sua frente a mão e a tesoura, o rosto de Dália e a barriga madura. A mão de obra a mulherzinha tinha em casa.

E, em casa, tudo fervia sob a penumbra da noite atrasada. Estava entre as suas paredes obedientes, mas não era mais Irene. Doía-lhe apenas a vontade de urinar e, quando sentou ao vaso, sentindo que despejava o mundo, já não era ela mesma quem urinava com aquela juventude. Quando saiu do banheiro já não sabia quem era para bater as portas daquela maneira. Quando entrou no quarto, alguém de muito sangue arrancou as roupas de Jorge, todas, e amontoou em duas cestas perto do tanque.

Mas quando Jorge chegou, no meio da noite, chamou-a para os fundos da casa. Ao pé da escada de dois degraus, ela viu que o marido trouxera a caixa de ferramentas e que lavava uma certa mancha nas mãos, lhe dizendo que o serviço em Encruzilhada estava quase no fim, dois meses mais. E então ela pôde sentir que era Irene, porque a água havia voltado e era preciso lavar todo o acumulado.

Só quando Jorge entrou e viu Irene e a novidade dos cabelos e pegou nas mãos de unhas pintadas foi que notou as roupas empilhadas, entre o tanque e a cozinha. Perguntou o que tinha acontecido, se Luciana estivera a lhe entupir de ideias. Faltou água faz dois dias, Irene respondeu, tudo tinha pegado um cheiro estranho. E, dispondo-se a encher o tanque e a afogar as roupas, Irene percebia agora que tinha muita coisa para lavar. De unhas pintadas?, Jorge perguntou. Ela disse que não podia deixar as coisas se empilhando pelos cantos. E, sentindo-se toda Irene, unha e carne, enfiou as mãos sob a água da torneira.

depois
da
chuva

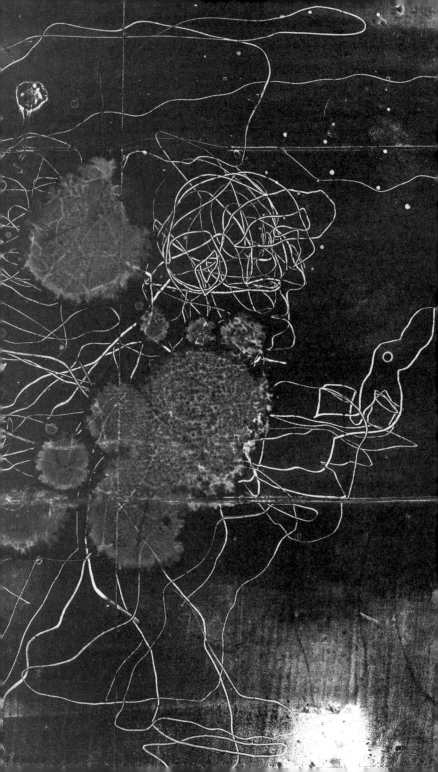

Porque é, de fato, entre outras,
a percepção do contorno
uma das mais nobres
funções da Ponte de Varólio.

Constanzo Varolio

o núcleo das estrelas

Nada obstante a chuva de gotas largas, quase cacos de espelho, noto, um tanto atordoado, que ninguém se molha. Então
passo a prestar a devida atenção à coisa-nova, que não é senão a chuva e as pessoas secas, e descubro que maior novida-

de é o fato de ninguém se dar conta nem das duas, nem das duas em uma.

Depois retorna o sol, e um brilho intenso indica o vapor dos homens. É quando as pessoas passam a se modificar espectralmente, vazando seus contornos: a massa corporal derrete, e todos adquirem, num dizer menos intuitivo que técnico, a beleza da chama. É então que o sol, um sol aguado de Onetti, retoma sua plenitude cítrica de ocaso, e as pessoas têm fome e fosforescência.

Na semiótica Peirce denomina tais imagens fluidas de índices, como as sombras e as silhuetas na sua natureza algo líquida e inexata.

Essas são as primeiras considerações do narrador, ainda percorrendo a alameda entre o instituto de Física e o de Matemática.

Para ele, doutorado em semiótica, nada lhe tinha chamado tanta atenção desde que vira, pela internet, o anúncio de uma estrela que havia morrido há milhares de anos-luz da sua percepção. E então é como se uma profundeza nova se abrisse no instante e lhe bastasse para escapar daquela estrutura bastante firme que o segurava na bolsa externa, um tanto vertiginosa, da realidade. E pois a chuva de espelho, não atingindo a massa corpórea das pessoas, põe em dúvida a rede de relações entre homem e chuva-ela-mesma, um eu e tu para Martin Buber.

Mas o efeito plasmático, termo de Langmuir, deixa o narrador perdido numa categoria de cegueira algo semelhante a um astigmatismo brutal: a transposição dos contornos produz um transbordamento das cores essenciais, um tal efeito de diluição que ocorreria se, em toda mistura, o solvente excedesse o soluto. Ora veja: vem a chuva de espelho, e a água dissolve o que os homens concentram. Uma água tão pura que invisível. Não molha, apenas reflete. E então as pessoas borram, e o desconforto parece vir do fato de as silhuetas difusas não se imporem pela sugestão, mas pela afronta. Os borrões vão se compondo das mesmas cores catalogáveis que tinham os corpos quando ainda tinham corpos. E, olhando as suas mãos, evidente está para o narrador que ele já não retém nem a cor nem o volume: é um garrancho a mais que caminha pela sala de aula ao seu gabinete, no campus I da Universidade. E aquilo tudo lhe representa uma adequação confortável à vacuidade de cada indivíduo e uma fuga incessante de cada linha que torna as pessoas muito distintas entre si.

Quase chega ao seu gabinete, e já nota que o vazamento humano se expande com a falência limítrofe dos contornos. Limítrofe, porque dali a pouco outros professores cruzam pelo narrador e falam coisas distintas vindas da mesma mancha que os mistura numa coautoria discursiva de Julia Kristeva.

A primeira hipótese o narrador a esboça num caderno tão logo se fecha no gabinete e vai à janela, de onde vê o colorau humano em que as pessoas se misturam e desmaiam para um tom quase o mesmo. O ângulo de visão lhe permite entrever que não se trata de uma expansão plana, senão pelo plano imaginário euclidiano, perpendicular, das artes plásticas. Ao contrário: de cada ângulo de visão, modificam-se as impressões da imagem, sensação fantasmagórica, sob efeito da incidência da luz. Daí lhe advém a hipótese, quase certeza, de que os borrões reproduzem dilatação volumétrica, marchando do centro das representações humanas à realidade externa, em graduação de cores. Pessoas próximas formam uma malha de inter-relações quase invisíveis, mas significativas, e misturadas; tornam-se um gênero, algo inevitável, nem feio nem belo, e assustador. E contudo apresentam-se surpreendentemente felizes, passando a impressão, suave e sufocante, segundo Georges Perec, de estarem sem músculos nem ossos. Após o esboço dessa prova, falta ao narrador entender por que razão a nódoa geral basta para acrescentar euforia à normalidade.

Ao pegar o carro, ele já nota o dilúvio humano que atinge as ruas. As pessoas se tornam luz, fluidas como a parte do ar cantada por Paez. E então o narrador não cabe dentro do carro e dirige por entre inchaços humanos e uma algazarra polifônica de Bakhtin.

Em casa, tudo é preparação para a festa de casamento da cunhada. As crianças estão no apartamento da avó materna, onde passarão a noite, e a empregada vem perguntar se o narrador quer que lhe sirva café. O borrão diligente da criada, tão cor de terra clara, quase sólido ao centro, vai se tornando calvinamente leve aos extremos até desvanecer-se, evidenciando a discrição da mulher que lhe ampara na casa. E a empregada se vira para o narrador e lhe pergunta de novo, já misturando cores como o vento que remexe os grãos claros sobre a superfície mais escura, e positivamente o professor aceita sim, precisa de um café, obrigado. Então a empregada flutua num quadro de Chagall. O narrador borra à mesa, um borrão muito cansado, e acompanha o debuxo que acende o fogo e se torna devassável a ponto de permitir acompanhar tudo o que faz, os caprichos, na transparência toda dedicada que antes o narrador apenas podia suspeitar.

Depois, o narrador toma banho além do chuveiro, porque já se sente em três peças da casa, nu e, mais que exposto, na terceira natureza de Paracelso, sutil entre o espírito e o corpo. Já está mesclado à empregada, que lhe arruma, no quarto ao lado, as roupas para o casamento. E, antes que o narrador saia do banheiro, percebe, na porta dos fundos, a presença da esposa que o invade. E, quando é beijado, à porta do quarto, sente o narrador honesto nojo, porque a esposa, embora esposa, vai se tornando envolvente demais e paradoxalmente cada vez menos sua. (Evidente está que outros a tocaram.) E então agem os dois por uma estranheza nova, de uma liberdade privada, que não é outra coisa que uma passagem de Maquiavel: anteriormente àquela ocupação, viviam, embora casados, no respeito às próprias leis. Agora ela entra no banheiro e, enquanto parte dele toma banho, parte dela se veste. Envoltos em tudo aquilo, já lavam com a empregada a louça no piso de baixo e a sentem também no banho, também no quarto. E, pensando consigo, pensando com eles, já o narrador imagina-se fazendo amor com ela, mais ela, e se antevê, dentro da realidade que os torna completamente permeáveis, sufocado ou afogada, indefinidamente mortos. E descobrem que não há mais como demitir a empregada.

E contudo partem para a igreja, como padrinhos do casamento. E arrastam parte da empregada até a esquina, onde ela desaparece, diluída no fermento das cores primas, novo parentesco elementar de Lévi-Strauss.

Na igreja, todos sentem o mesmo calor. Cristo não faz distinção alguma: são todos irmãos sem segredos, e casam-se não só os noivos, como todos os convidados, inclusive o padre, que também faz voz no sim coletivo. Dali já se sentem na festa, e o narrador imagina com todos que aquele casamento será o primeiro à cuja lua de mel os convidados já compareçem. Mas, ao cortarem o bolo, também o narrador está levando os convivas para a casa, onde, futuramente tomada, como a de Cortázar, caberão todos de todas as casas onde ele e a esposa também cabem. E já não sente nojo da mulher, porque é como se ou ela não existisse ou coexistisse, e as coisas do mundo cristão se pudessem cumprir na ideia de homem e mulher como um só. E sorri o narrador, entregando-se sem nojo, porque também já não sente nojo de si mesmo e pode gozar-se-masturbando numa massa comum que a tudo engole, sem fronteiras entre um indivíduo e outro. Não lhe assombram, por isso, as ideias penadas que teimam aparições, porque o narrador aceita/faz-aceitar o natural comodismo do pensamento humano, avesso à inércia e à estagnação. Compreende/é-compreendido que há muito o que entender naquela expansão do homem tão oposta ao humanismo, por exemplo se se trata de uma expansão do sujeito ou um recuo do mundo. A última hipótese leva ao afogamento do indivíduo, no teor de Lacan, mas o narrador já não consegue se concentrar nem na tese nem na antítese, porque já se sente também com os filhos e com a sogra. E aceita/faz-aceitar por fim que a chuva, aquela chuva, uma chuva tão chuva que [chuva][3], não lhe alterou nada do mundo, porque apenas voltamos a ser o núcleo das estrelas, e, já sentindo dificuldade de pensar sozinho, sente-se muitos e se esquece de si mesmos, acostumando com aquele fluxo perpétuo de Bergson apud Borges, que no fim de tudo não ultrapassa a metáfora de um dilúvio.

garoa

o resumo do mundo

A descoberta do diário de Diogo Cão bastaria como atestado de que o navegador venceu não só o Índico e o Pacífico, e que também morreu nos Açores, em 1491, onde teria deixado seu último marco de pedra. Mas o diário revela ainda que, na menor ilha do arquipélago, no alto do Monte Gordo, há um lago na cratera de um vulcão extinto que simplesmente resume o mundo: ao pé dele, seria possível avistar o passado e o futuro no presente e conhecer todas as pessoas de todas as épocas, mortas, vivas ou por nascer, na mesma suma universal.

Quando perguntei ao guia sobre todas aquelas histórias, ele me disse apenas que uma ilha resume o mundo e por isso me pareceu um tanto imbecilizado. E quando chegamos ao topo do Monte Gordo, tive certeza de que o guia era mais um, porque ele me disse com enfado "O Caldeirão, o tal resumo". E foi

impossível não lembrar o motivo que me tinha trazido ali: todas as pessoas medíocres das quais eu fugia, suas perguntas e
considerações insossas. Como me sentia um estrangeiro, e iso-
lar-me só parecia possível numa ilha, a referência ao Caldeirão
do Corvo no diário me suscitava ver a humanidade sistêmica, a
pasmaceira em seu conjunto.

E agora que o Caldeirão se abria, revelando uma série de
pequenos mundos, minúsculos, mas absolutamente visíveis e
que cabiam todos, de uma única vez, dentro dos olhos, era possível ir de Bogotá do século XIX às Filipinas intocadas do século XII, provar da neve e alternar a vista com todos os bichos
e plantas e paisagens distintas permanecendo em minha insula-
ridade. Mas perguntei pelas pessoas, e o guia me respondeu que
estavam todas ali, e apontou para uma cidade que emergia do
Sul da América Portuguesa, onde, aos poucos, Porto Alegre,
sua miniatura perfeita, e mais atentamente meu bairro, e em
seguida minha rua, ficaram visíveis. Minha casa estava de luzes
acesas, e uma pessoa estranha lia na sala. Mas era a minha casa.

O guia me respondeu que aquela era uma suma e que, por
isso, ao escrevê-la, dispunha de informações escassas e não
pensara nas séries. Uma ilha resume o mundo. Olhei mais uma
vez para o Caldeirão e, quando voltei meu olhar para o guia,
tive a impressão de que ele, parado, não passava de um marco
de pedra.

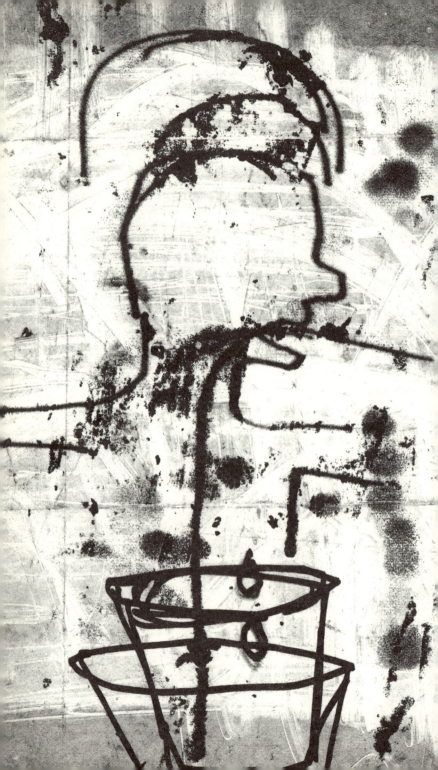

superágua

Segundo informações da agência oficial russa Itar-Tass, às 15h50 locais do dia 29 de julho de 2008, o submarino *MIR-2* tocou o ponto mais baixo do lago Baikal, na região siberiana da Rússia, a 1.680 metros de profundidade. Objetivando explorar o fundo do lago mais profundo, o único capaz de beber a água de todos os rios da Terra, a expedição de Jekaterina Vodanova colheu amostras do solo e fragmentos de gelo de mais de 25 milhões de anos e fez aquela que talvez seja a maior descoberta da humanidade.

H_2O_4, a princípio um composto instável que tendia a se decompor e transformar-se em água normal, pôde ser manipulado em temperaturas extremamente baixas com propriedades de uma superágua. A partir dos estudos de sua equipe, a fórmula tratada como piada desde a Idade Média — a fonte da juventude

– pôde ser estabilizada e derivada em um superóxido de hidrogênio de nível superior.

Quando Jekaterina Vodanova descobriu a fórmula das fórmulas, o segredo oculto da água, velado sob a simplicidade de um monóxido de di-hidrogênio, encheu um copo e comemorou sozinha. Trabalhando com blocos de gelo retirados das profundezas do mais volumoso lago de água doce do mundo, Jekaterina alcançou a água intangível, capaz de separar-se de qualquer mistura graças a uma potência de polarização ímpar. O efeito foi um aumento sensível da tensão superficial, aquela propriedade capaz de formar bolhas e revesti-las de uma película algo semelhante a uma pele. Por isso a água estéril se fechava mais em si mesma, toda ela decantação e potabilidade, e era portanto não só a salvação dos rios e mares como de toda a vida.

Mas era a fórmula das fórmulas porque também ela, do contato com si, dava a outras águas o seu segredo estrutural, e H_2O, absolutamente pura em H_2O_4, evitava mistura.

A prova estava ali, num meio copo que a pesquisadora russa tinha acabado de beber. Mas Jekaterina observou algo surpreendente: a superágua havia atravessado o copo e já a madeira da mesa, e gotas pequenas mas indomáveis chegavam ao chão – o mesmo chão completamente molhado da água-água que, da boca aos pés, já lhe havia atravessado imperceptível o corpo inteiro, levando consigo todas as águas que lhe disputassem o caminho.

quase oceano
quase vômito

Aquele rio não aceitaria assim tão fácil. Dominava um continente e um pátio no oceano. E quando amanheceu completamente água, e nu, como se nascendo, não houve quem não se espantasse. Era o primeiro dos tantos rios que, sem explicação, voltavam à limpidez original. Eram rios tão puros que os leitos podiam ser lidos.

Mas depois de uma semana em que dele se bebeu, através dele se olhou, em cujas águas se liberaram pesca e banho, o rio sumiu. Foi o primeiro de tantos outros que, sem explicação, amanheceram buraco, sob uma nuvem inteira, pesada e negra.

E durante uma semana, também sem explicação, aquele foi o primeiro rio a chover pneu, garrafa plástica, chinelo de dedo, sofá, cimento e ferro, cadáveres de homens e de bichos, tijolos, papéis, urina e fezes. Separava-se, primeiro ele, seguido de outros rios, do contato humano. E devolvia, de dentro de si, um rio, quase oceano quase vômito, da matéria que não lhe pertencia.

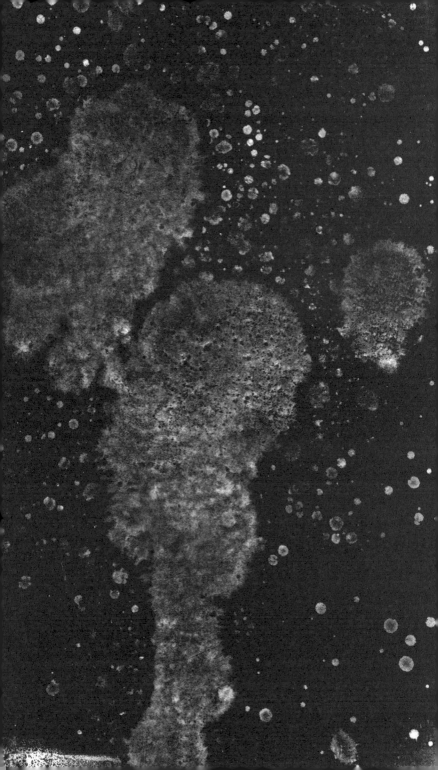

água com gás

*O mar tudo recobre
sem nada asfixiar.*
"O mar, no living",
Carlos Drummond de Andrade.

Hoje não se vê a draga, Ana disse. Para Guilherme, devia ser a vista do living, navio naufragado não se mexia. Depois ele foi até o vidro e vasculhou com os olhos da praia ao horizonte. A torre de engrenagens, normalmente a única parte visível do navio-draga há muito submerso, tinha mesmo sumido. Maré alta, ele concluiu. Era um perigo pros barcos que não eram da região. Mas, para Ana, a ferrugem podia ter derrubado a torre, não podia? Não, Guilherme já tinha mergulhado lá várias vezes, e o navio, mesmo corroído, não se entregava: era mais fácil acreditar que continuava dragando.

Ana ainda tentou avistar a draga, imaginando tola a ideia de um navio morto que se enterrava. Acabou desviando o olhar para o living e conferiu as horas.

o mar, no living

O apartamento ficava à beira-mar. Pelos vidros das janelas, não havia como fugir do oceano. Os convidados deveriam estar chegando: salgadinhos e doces já estavam à mesa; refrigerantes e cervejas, gelados; depois haveria bolo. Guilherme e Ana se olhavam, buscando adivinhar, um no olho do outro, o que estaria faltando. Mas não achavam, e então voltaram a sondar o mar em silêncio. Decifravam uma mesma pessoa e sua teimosia.

Foi que Ana perguntou E se ele vier? Não tenho medo dele, Guilherme disse, e ela disse É, mas o clima vai ficar meio pesado. Então que não venha, ele disse. Mas, Guilherme, entende: este apartamento, por exemplo, foi ele quem comprou. Se ele deu o apartamento pra ti, é teu, Guilherme respondeu. Mas ele é avô da Clarinha.

Imediatamente ficaram em silêncio. Clarinha. Precisavam acordá-la, já eram quase três da tarde. E Ana foi enfrentar os humores da criança, retirada da quietação e do conforto. E por isso Clarinha entrou no living vestida para sua festa, mas chorando, apesar de Ana embalá-la nos braços e mostrar-lhe a janela de onde se via o mar. Dentro do cercado, a menina acalmou-se com dois peixinhos de escama verde e sons de bolha dentro d'água.

Dali a pouco, a campainha começava, e os convidados chegavam em procissão: primeiro os padrinhos, depois alguns parentes mais próximos e primos de viagem distante. A mãe de Ana chegaria só, comentando pouco: a cabeça dura do marido, aquelas coisas de outros tempos, era possível que chegasse bem na hora. E Ana entendeu rápido que sua preocupação só cessaria após o parabéns. Guilherme servia as bebidas, explicava coisas sobre a praia aos que admiravam a vista da janela e, de vez em quando, abria a porta para mais algum convidado. Às quatro horas, todos os assentos possíveis do apartamento estavam ocupados.

Então, um pouco depois das quatro, quando preparavam o parabéns, o avô apareceu: da porta que a filha lhe tinha aberto, ele varreu os convidados com os olhos altos e, avistando a esposa, retirou a boina e aproximou-se lentamente. Pessoas que o iam reconhecendo vinham cumprimentá-lo pelo aniversário da neta, mas ele apenas se desviava com um sorriso duro. Clarinha estava nos braços do genro, no meio do living, e o avô fingiu que não os via. E, estacado ao lado da esposa, ficou a observar os enfeites da mesa. Quando Guilherme lhe trouxe uma cerveja, que ele recusou, desviando o corpo inteiro de algo muito inconveniente, muitas pessoas notaram, e tudo foi ficando pesado.

Primeiro os balões em branco e rosa, parecendo inflados de água, ameaçavam despencar ao chão. Em seguida os talheres de plástico, feitos de chumbo, caíam das mãos dos convidados e tinham de ser erguidos do soalho com desproporcional força. O mesmo aconteceu com as bandejas de doces e salgados, e os copos de cerveja ou refrigerante, e a vassoura trazida de última hora: tudo pesava, e as pessoas, constrangidas, faziam bastante força para que o ambiente se mantivesse com a inocência necessária a uma festa de primeiro ano. Cansado de segurar Clarinha, Guilherme foi o último a ceder: disfarçando o esforço, colocou a filha sobre a cadeira alta, de onde ela poderia ver a vela de número um ser apagada pelo pai e pela mãe tão logo terminasse o parabéns. A vela que assustadoramente se enterrava no bolo; o bolo que parecia não sustentar o próprio peso.

O avô, como não conseguiria reter o braço da esposa por toda a festa, encontrou uma poltrona magra de frente para o mar que, naquele momento da tarde, acenava espumas brancas. Dali viu sua mulher se divertir com as duas meninas. Ele não. E, por isso, sólido de silêncio, virou os olhos para detê-los fixamente no horizonte. Pessoas vinham devolver-lhe o living, mas qual living? quais pessoas? A mulher, por exemplo: ela veio, Clarinha ao colo, convencê-lo a ir à mesa, iriam cantar o parabéns. Nem as duas juntas lhe demoviam os olhos retidos no mar.

Ele procurou a torre da draga e, não a encontrando, julgou que o espelho d'água o traía. O dragão invencível: havia comprado o apartamento por causa da vista e notara que era um navio — não uma rocha apenas — no segundo ano, quando só ele e a esposa vieram para as férias, e ele jurou matar Guilherme, desconfiando de que nunca iria além da vontade. E enfim também ela, a vontade, cedeu, e ele restou cumprindo uma palavra áspera para si mesmo. Agora via o mar xucro, incontido. A falange de ondas avançava, rasgando as pedras e a carne sempre crua da praia.

Ana pediu que todos cercassem a mesa do bolo para que se cantasse o parabéns. Os convidados, puxando os corpos com enorme dificuldade, pareciam vultos de um asilo, e Ana percebeu que seu pai não sairia do sofá em que estava, diante do mar.

E então, mal a vela se acende, o mar entra no living, atravessando os vidros e ocupando, com azul e fauna, os espaços da festa. E, posto seja mar e se comunique com o oceano, ele surpreende em ser tudo menos violento, e não apaga vela ou palma. Apenas que a festa segue, percebida pelos sentidos abafados. É a luz de uma vela sob o mar. É um parabéns afogado. São as raízes da fumaça dentro d'água. A seguir, o mau cheiro das algas que boiam. Por fim as coisas voltam a regular seu peso. E é este o resumo: o mar atravessa os vidros, e, borrados de azul, todos comemoram Clarinha, que se entretém com um cubo de números e letras, presente preferido da tarde. Todos aceitam o mar no living, farejando a festa e preenchendo os recantos mínimos. Todos, menos o avô, que, agora olhando a totalidade da cena, escuta uma voz conhecida. Peixes cruzam o espaço sem ousadias de atacar a comida. Caranguejos cor de ferrugem correm pelo soalho, vasculhando as tocas e as considerando inadequadas. E contudo a voz os atravessa e alcança o avô e subitamente ele escuta que é estúpido, é estúpido, é estúpido. E é assim que, tentando avistar Clarinha, já não a encontra, escondida que está atrás de um cardume em que também se misturam as pessoas. E todas elas não o notam mais, não o veem mais. Ele é o mar onde se esconde e por isso ele se ergue e caminha em direção a Clarinha, a quem agora avista nos braços da avó, e, quando se aproxima o suficiente para roubá-la da esposa e esquecer pela primeira vez que é um homem de palavra, eis que o mar começa seu recuo. O abano de espuma branca ganhará distância novamente e arrastará as algas de mau cheiro. Assim que a cabeça do avô emerge, feito ferro e coral, já ele é visto por todos e então caminha de volta à poltrona, de onde vê o mar atravessar o vidro, cumprir todo o estágio de retorno da onda e devolver-se ao colo do oceano, agora vermelho no horizonte da tarde e transpassado de calma pela torre da draga vingadora.

Correndo sobre seu corpo, os caranguejos minúsculos cor de ferrugem procuram toca, assustados com o anúncio da primeira fatia de bolo.

enquanto água

A primeira coisa a dizer é que o personagem se lembrava da dor de respirar pela primeira vez. Revivia nitidamente, após ter nascido, o segundo rasgo, o ar, e a sensação madrasta. E, porque lembrava, confundiam-lhe antevisões insistentes, desde a infância, de que nasceria de novo, e essa é a segunda coisa a ser dita: imaginava alguém a lhe enfiar as duas mãos na garganta, forçando por virá-lo do avesso. Forçando e, na sequência, conseguindo. Vinha-lhe depois a sensação de estar respirando fogo e, no fim, experimentando uma asfixia grotesca de quem morre de sede, nascia.

A terceira coisa a dizer é que o mesmo personagem não suportava gatos. Achava-os traiçoeiros, com olhos muito humanos. Apesar disso, aceitou entrar na casa. Com vinte anos, era já hora de vencer as manias que se herdam de uma casa sem homens, cercada dos mimos de mãe, irmãs e tias. Não comer peixe era outro exemplo.

A quarta coisa a dizer é que ele viera do jornal da faculdade de arquitetura para conseguir uma entrevista com a viúva de um senador cuja casa, por dentro, diziam manter-se completamente na segunda metade do século XIX. Era uma residência de esquina e construída em pedra basáltica. Todos os detalhes indicavam, do pátio ao telhado, uma época de caprichos horizontais. Restavam um sino no lugar de campainha ou interfone e um brasão, talvez de família, de um tigre e um escudo. Quando a viúva fez ranger a pequena janela circular, efeitos de escotilha no portão de madeira escura, ele se apresentou, explicando a situação: apenas uma conversa informal sobre estilo, a casa enfim, uma pesquisa para a cadeira de Materiais da faculdade. Houve uma pequena hesitação, durante a qual ela o observou firmemente, e então o portão se abriu.

Viúva, uns quarenta anos, pouco mais, e alta. Usando um vestido branco, leve, com minúsculas bolinhas pretas, ela era uma Simone de chapéu de palha com laço também preto. A quinta coisa a dizer é que o pátio, coalhado de gatos que o seguiam, miando os dentes sem fechar os olhos cor de mostarda, parecia infindo, serpenteando um quebra-cabeça de tijolos gastos que fazia piso por entre bancos e arbustos de fícus-benjamin.

O aspecto interior da casa não desmentia sua aparência externa. E ele não se sentiu confortável com aquele salto abrupto para dentro de um tempo quando todos os espaços eram amplos e mexer-se não era um luxo quase marinho. Tudo, da maçaneta envelhecida, da madeira do soalho e do forro, das colunas de pedra gris de um pé-direito de mais de cinco metros, das paredes em verde-musgo, dos lustres e candelabros aos móveis suntuosos, da lareira aos jarros de cobre e prata adornados de trigo, tapetes, retratos e o grande relógio de pêndulo de um século sem penicilina nem automóveis, tudo era uma vastidão de minúcias. Ao centro do salão, uma aquarela de proporções fenomenais mostrava mulheres recolhendo peixes em cestas de vime num riacho corrediço. E a sexta coisa a dizer é que ele sentia sede.

Sentaram junto a uma mesa de madeira espessa, e ele experimentou as cadeiras sólidas, com encostos de couro que ainda cheiravam. Tirou da pasta a máquina fotográfica, algo deslocado, que parecia devolvê-lo a um mundo que mal vazava as janelas. Mas Simone pediu que ele não tirasse fotos. Ainda absorto com o circo de detalhes, ele aceitou beber alguma coisa que ela lhe servia e que a princípio parecia ser brandy. Também o copo era pesado e entalhado de relevos.

Depois de algumas observações e suas datas, seis goles e o copo vazio, sentiu a sede, seu retorno, agora incitada pelo álcool. Simone fez que levantasse e o levou à sala de jantar transpondo uma porta que se abria ao meio. Sentaram junto a uma mesa circular coberta por uma toalha vermelha e iluminada por pequenas janelas superiores que davam a sensação de uma arena. A sétima coisa a dizer é que conversaram sobre estilo, a textura das madeiras, por exemplo. Que, para ele, cada uma delas tinha sua pele e odor. Tudo o que ele falava era animado e fazia eco, e ela escutava cada palavra com interesse vivo. E, achando curiosa a comparação das madeiras com as pessoas, Simone já falava de si mesma, como se fosse ela uma das peças da casa. Uma casa grande, ele falou, devia ser aterrador para alguém viver sozinho. Mas ela disse que vivia com os gatos, e a primeira coisa a calar era que ele os odiava.

A oitava coisa a dizer é que, de um salto, Simone o levou a transpor peças com portas, dando a sensação de um movimento em z, até mostrar a cozinha escura, cujos vidros, em sépia, filtravam a luz da tarde e faziam os metais brilharem sinistramente. É preciso repetir, em tempo, que ele continuava com sede.

Dali seguiram por uma porta a uma sala que conduzia a uma escada sinuosa de madeira. Como tudo era escuro, Simone fazia luz em algumas lamparinas de parede com um acendedor talvez dos tempos dos lampiões de rua, e ele ia ganhando degraus, inquietando-se com a sensação de estar descendo enquanto subia.

No que imaginou ser a parte superior da casa havia uma gigantesca biblioteca. Numa escrivaninha, notou uma miniatura de *Pequod* suspensa por dois grossos exemplares de *Moby Dick* e tentou dizer que era seu livro preferido, mas a boca já estava seca, e Simone insistiu em lhe mostrar os quartos. Seguiram por uma trilha entre as estantes de livros verdes e bustos de homens sem rosto até uma porta larga, dupla – do leito principal, ele supôs. Aberta uma das portas, Simone mergulhou na escuridão, sob relâmpagos do acendedor, para abrir, instantes depois, uma larga janela que entregava os detalhes da cama, ao centro, sem revelar os limites laterais do quarto. Ele estava ainda encantado com os entalhes da madeira quando Simone já lhe abria outra porta. Desde as escadas, ele se sentia abalado por um enjoo e entendeu que aquela casa não tinha corredores. Queria pedir água, e foi então que, sem aviso do corpo, começou a urinar pelas calças. Precisava do banheiro, ele ia perguntar onde ficava o banheiro, mas Simone o puxou pela mão, levando-o a cruzar por outra porta e por nova sala escura, vazada por minúsculos círculos de luz que vinham das janelas fechadas, molhando tudo de uma atmosfera, quase tontura, de estarem flutuando ao redor. Ele compreendia apenas que cruzavam por várias portas, em vários sentidos, e a confusão dos círculos de luz o acompanhava, parecendo, por vezes, lamber-lhe as partes expostas do corpo.

A segunda coisa a repetir é que ele se sentia sedento e então cansado, e estava num lavatório de azulejos minúsculos que compunham aspectos de um substrato marinho. Ele já havia urinado até o chão, e Simone abaixou-se, tirando-lhe as calças e depois o resto da roupa. Havia água quente numa banheira circular de madeira avermelhada, e ele, açulado pelas mãos dela, entendeu e entrou.

A nona coisa a dizer é que ele sentia uma moleza a subir pelo corpo, e então Simone ajeitou-lhe a cabeça sobre uma toalha úmida que cobria a borda da banheira, e ele aceitou o mimo e o sono.

A terceira coisa a repetir é que o personagem imaginava-se nascendo, entre a sede e uma dor avessa. Mas já não tinha necessidade de água quando acordou com um barulho de uma superfície sendo raspada. A luz no lavatório vinha de uma janela de vidro, atrás da qual os gatos forçavam a entrada. Eram muitos, aos atropelos. E ele estava sob a água, preso por uma espécie de película que lhe impedia de emergir a cabeça. Foi horror o que sentiu ao tentar escapar e, de desespero, acabou conseguindo abrir um orifício com os dedos, a partir do qual lhe foi possível rasgar a membrana. Fora d'água, porém, ele se sentiu como se estivesse dentro há minutos, pois o peito de um recém-nascido lhe queimava dentro do peito. E a dor, lembrando a dor, completou-lhe a ilusão de que nascia. Num instinto bizarro, imergiu a cabeça, e, aos poucos, submerso, aliviou-lhe uma embriaguez sonolenta. Percebia a água, sua sensação de pressão e equilíbrio. Até que notou seu corpo com escamas e nadadeiras.

A décima coisa a dizer é que os gatos haviam vencido a janela, e eram muitos, e a última coisa a dizer é que cercavam a banheira para beber o que nascia que morria enquanto água.

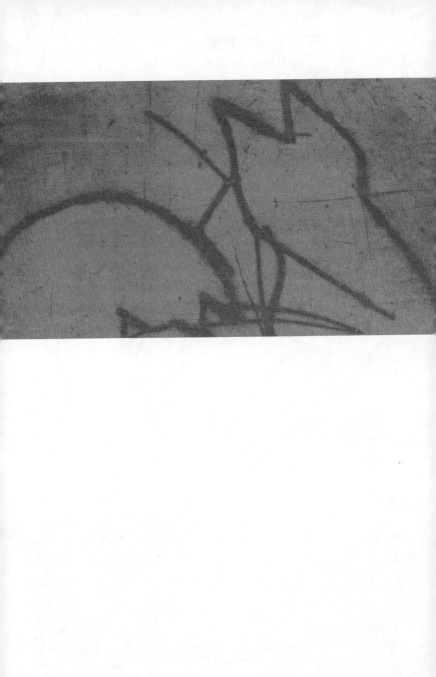

cobranças

O homem que percorreu o arrozal atrás de mim tinha aparecido de fatiota completa, de gravata verde e chapéu preto, mas na hora não desconfiei que fosse cobrança, e que ela vinha lá de dentro da cabeça justo quando o sujeito ficava fraco das ideias, porque eu tinha parado o trator para escutar o que ele falava, mas ele falava muito baixo, e então gritei Mais alto, e ele ficou sem entender, e gritei pro compadre Armando ver o que o moço queria, e o compadre veio arrastando as botas e foi lá até ele.

Levei o trator até o galpão, acalmei a cachorrada, que latia muito, e vi a mulher escorrendo uma bandeja de aipim na janela e perguntei se pelo rádio anunciavam alguma chuva, e ela disse que prometiam chuva até segunda, mas olhei pro céu e não acreditei, porque tudo doía no olho de tão azul, e o sol era uma crista de galo só.

Dei a volta até a porta dos fundos, e, quando batia a terra da bota e dispunha o chinelo no chão, o compadre Armando apareceu com o tal de fatiota, dizendo que não entendia o moço porque ele ou tinha carne no nariz ou tinha a língua pegada, e me levantei e fui até lá o rapaz, e ele quando me viu começou a falar sem parar, mas nada que se aproveitasse, e então eu disse Calma, e ele apertou uma mão na outra com uma ânsia de dizer o que queria. Pedi pro compadre buscar água e duas cadeiras, e quando a gente ficou sozinho os dois pedi pro rapaz falar devagar, mas ele então não disse nada e só ficava me olhando, meio afogado, e o Armando trouxe o copo d'água e as cadeiras, e quando alcancei pra ele o copo ele ficou sacudindo nervoso a água, me mostrando, e então comecei a gritar com o rapaz para ele sentar, e ele parecia não ouvir e tentava morder a língua, e então entendi e olhei pro Armando e disse que o enfatiotado era surdo-mudo, e o compadre ficou sério.

A mulher enfiou a cabeça na janela pra ver por que era que eu gritava, e eu disse que era nada, que ela fosse cuidar da rapadura dela, e ela balançou a cabeça como quem não entende e perguntou se eu não ia almoçar, e eu disse que já ia, e ela ainda gritou que a comida ia esfriar, e eu peguei e gritei brabo que então ela botasse o rabo no fogão de novo.

Entrei pra almoçar, e o rapaz ficou lá perto da escada, de pé, tentando fazer o Armando entender o que ele dizia, e a mulher largou uma jarra de laranjada na mesa e foi pro quarto, dizendo que tinha dor de cabeça, e eu disse Dorme, e o compadre entrou depois dizendo que parecia coisa de louco mesmo, que o rapaz falava com a língua toda enrolada, e achei melhor servir um prato de comida pro pobre-diabo, e o compadre Ar-

mando foi lá e levou, mas voltou dizendo que o homem só tinha aceitado só o pão, e eu disse que fosse levar mais pão pra
ele então e terminei de comer e tomei um café, escutando na
janela a tentativa do Armando de entender o homem, e então
lavei o rosto e me vesti e fui buscar a camionete porque eu precisava ir no banco, e a mulher já tinha deixado a roupa em cima
da penteadeira.

Quando saí, foi o rapaz me ver e já veio rápido na minha
direção, e eu gritei com ele, chamando ele de Seu Coisa, e gritei
Tatu não me persegue, e falei pro Armando levar o homem no
trator até a estrada e de lá mandar ele ir buscar sua toca e então
liguei a chave e ainda vi o compadre segurando o doido pelos
braços pra ele não se agarrar na camionete.

Dirigi escutando o rádio, mas só falavam de futebol e não
davam importância nenhuma pra falta de chuva na várzea.

Na agropecuária-grande comprei ração pros cachorros,
veneno pra mosquito, e depois fui no mercado buscar uma dú-
zia de cervejas, e depois fui até o banco pedir no caixa pra trocar um cheque meu e aproveitei pra conversar com o gerente e
perguntar se ele sabia de chuva, e ele riu e disse que só sabia de
juros, e eu disse que o juro me comia o arroz e que sem chuva
arrozeiro nenhum podia se acertar com a calculadora do banco,
e ele conversou sobre os números dele, e até que achei na hora
muito justo mesmo, e depois apareceu um rapaz do banco com
uma gravata verde igual à do doido de de-manhã, e comentei
com o gerente aquela história, e ele disse que ali no banco tinha
aparecido um sujeito de fatiota também que de princípio não
queria passar na porta de metal e depois queria empurrar umas
bíblias goela abaixo nos clientes e nos caixas, ameaçando com

Jesus, mas que terminou cobrando do gerente o juro do cheque especial, e eu disse que o sujeito lá do arrozal falava enrolado, e o gerente não entendeu e disse que o sujeito das bíblias tinha se enrolado todo também, que não sabiam nem falar mas vinham com procuração de Deus pra castigar ignorante.

Saí do banco e fui cortar o cabelo e comentei com o Valmor sobre o sujeito da fatiota, e o Valmor me disse que parecia cobrador, que outro dia mandaram cobrar dele um atrasado do bar lá do colégio do filho e que mandaram só um negrão forte com um bilhete carimbado de vermelho e o valor total, e que o Valmor tinha pagado tudo de medo mesmo.

Voltei para casa com a ideia da cobrança e com vontade de dizer umas coisas pro enfatiotado, mas o compadre Armando veio me dizer que tinha feito como o combinado, que tinha deixado o rapaz na estrada e que até já entendia alguma coisa daquilo que ele tentava explicar, e olhei pro Armando e perguntei o que era, e o compadre disse que não tinha entendido tudo ainda, Ora, ora, Armando, eu me aborreci e entrei, soltando as patas, e a mulher perguntou por que eu estava todo cavalo, e eu disse que achava que o rapaz da fatiota era algum cobradorzinho à toa, mas ela disse que achava que ele era só doente, É cobrador, eu disse, e ela perguntou De quê?, e eu fiquei cavoucando aquilo na cabeça.

Tomei café e fui procurar na última gaveta ao lado da cama uns papéis de contas, mas não achei nada que eu devesse pra ninguém.

De noite olhei o noticiário e vi que em nenhum canal falavam de chuva e fiquei mais irritado porque parecia que só eu no mundo precisava de água pra viver e fui dormir sem falar com a mulher, como se ela tivesse culpa por esconder nuvem no armário da cozinha, e pensei no rapaz de fatiota que vinha me cobrar e nos ladrões que, no escuro, apesar dos dois cachorros, vinham roubar o arroz ainda verde dos talos, mas daí eu me mexia demais, e a mulher reclamou, e eu dei um coice e mandei ela tomar no cu.

De manhã cedo não tinha sinal nenhum da mulher, nem de roupa nenhuma dela, e pensei então que ela ia voltar depois, toda arrependida, e fui chamar o mecânico pra dar uma olhada no motor que levava água até o arroz, e ele disse que tinha de trocar a correia, e perguntei se já não tinha trocado a correia da outra vez, e ele disse que sim, mas me mostrou a correia nova que parecia ter sido cortada com faca, e perguntei quanto custava, e ele disse que precisava encomendar e que ia me emprestar uma por enquanto e que de tarde já tinha o preço de uma nova, e como ele me olhava, eu disse pra ele que quando o motor ficasse pronto mesmo eu pagava, e ele ficou olhando pro chão e então montou na moto e saiu riscando o areião, acho que brabo porque queria receber antes de terminar o serviço todo.

Subi a barragem e vi que a água parecia bastante barrenta, o rio se arrastava muito baixo, e olhei pro céu com raiva do mundo.

Foi quando vi o Armando chegar com o sujeito de fatiota, que agora parecia mais calmo, e o compadre veio com a notícia de que tinha conseguido entender o rapaz, e perguntei gritando o que era e na mesma hora eu já liguei o motor pra puxar água, e o Armando gritava pra que eu conseguisse ouvir, e então o rapaz viu a água sendo despejada nas valas do arrozal e começou a se agitar, gritando pedaços de palavras, e peguei e desliguei o motor.

O Armando tinha acalmado o doido e me disse que era caso de cobrança, pronto, De quê?, gritei, e o Armando me disse que era porque eu não tinha acertado um serviço, e eu tinha ficado muito aborrecido desde que o sujeito tinha voltado à minha propriedade e perguntei pro compadre que história de tatu sem bunda era aquela, e o compadre me disse que o sujeito me cobrava a água do rio, que aquela água do rio era também dele, e daí eu subi nas taquaras dizendo pro compadre Pergunta se o sujeito é dono do rio, é? e, imaginando que aquele rio ia dar em algum açude onde o enfatiotado tinha lá um barco branco, gritei Tenho culpa se não chove, tenho?, Que vá cobrar água da cacimba do céu, e o enfatiotado não gritava coisa com coisa e subiu na escarpa para tentar arrancar a correia do motor, e eu não aguentei e fui pra cima dele, e ele gaguejava todo mole, e com um tapa derrubei o chapéu dele, e o Armando segurava o tal e dali a pouco me arrancou ele dos braços, e o rapaz parecia estar de convulsão, e o Armando encostou a orelha perto dele e disse que tinha entendido que o rapaz ia buscar a mulher e a filha, porque eu estava roubando a água deles, e então, de fatiota e tudo, ele se atirou no resto de rio.

O Armando me olhou assustado, e, na hora, eu, todo nervoso, pensei que talvez eu tivesse empurrado o sujeito no rio sem perceber e disse pro compadre que ele tinha testemunhado que eu não tinha feito nada, não era?, e nessa hora, bem nessa hora, de dentro do rio, o homem veio trazendo pela mão uma mulher de vestido verde e uma menina com roupa de colégio, e daí eu caí de joelho porque os três tinham furos de bala, e o sujeito do chapéu me devolveu meu revólver, e vi que o furo dele era na garganta e perguntei pro Armando o que era aquilo, e o compadre Armando gaguejou alguma coisa que não saía porque ele tinha um buraco bem no meio da cara, por isso entendi qual era mesmo a tal cobrança.

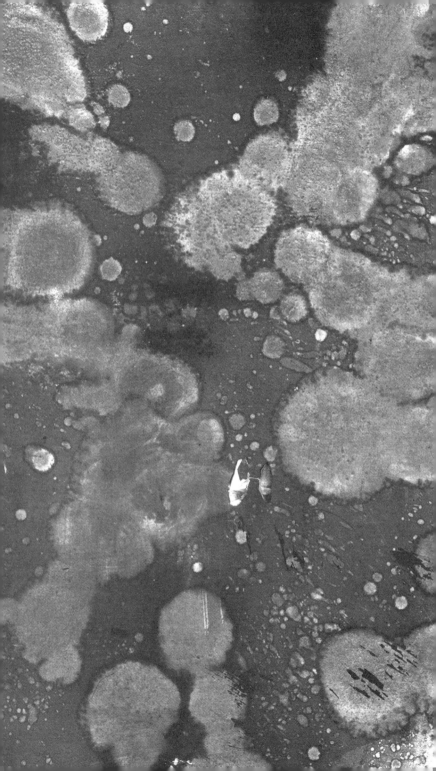

patologia de construção

Pela internet descobri que o meu caso é mais comum do que eu imaginava. E tem até nome: *patologia de construção*. Acredita-se nas paredes como coisas vivas, e por isso concreto e pintura podem ficar doentes:

> "Este silencioso efeito patológico pode ser identificado principalmente em grandes condomínios: as infiltrações são traiçoeiras, surgem em silêncio, atrás de móveis e cortinas, ou sob o carpete, atravessando a pintura da parede, invadindo pisos e armários embutidos. As consequências são muitas, e, quando não é solucionado imediatamente, o problema pode causar danos progressivos."

Descobri também que a *patologia* pode ocorrer por três caminhos distintos: a) por meio de trincas e rachaduras, b) pelos poros do material e c) por falhas como brocas, ninhos no concreto e fendas junto às armaduras. Os resultados mais comuns adquirem também três formas: a) *manchas elípticas* (neste caso, geralmente o vazamento está no centro da figura e é causado por falha de concretagem), b) *manchas lineares* (indicam fissuras na impermeabilização) e c) *estalactites de carbonato* (apresentando várias tonalidades de cor, indicam exatamente o ponto de passagem do material infiltrante). Essa última ocorre graças à dissolução da cal liberada na hidratação dos silicatos de cálcio do cimento. A cal dissolvida, ao chegar à superfície do concreto, é carbonatada pelo CO_2 da atmosfera, tendo como consequência, em função do efeito da gravidade, a constituição de estruturas semelhantes às estalactites de uma caverna.

Chego ao ponto-chave que busquei descobrir: que os principais vilões nas *patologias de construção* eram os vícios de concretagem, ou seja, defeitos originados no próprio processo construtivo (erro de projeto ou de execução) ou adquiridos ao longo do tempo (desgastes naturais, manutenção ineficiente, agressões). Nesse último caso, especialista nenhum afirma, mas a minha tese é de que a responsabilidade é do síndico.

Felizberto talvez me quisesse convencer de que tudo no meu apartamento estava dentro da normalidade; da sua, não da minha. Talvez ele fingisse não ver, mas o meu apartamento – número 34, de orientação solar norte (insolação excelente graças à inexistência de edificação paralela ou vegetação vizinha que obstrua a luz do dia), dois quartos, sala, cozinha e banheiro, alta capacidade de renovação de ar por causa das janelas que ampliei por três – apresentava o quadro de *patologia de constru-ção*. Estava repleto de infiltrações por todos os lados. Expliquei ao Felizberto, por escrito, o que segue:

"... que a hipótese mais aceitável para a *patologia* era a existência de componentes favoráveis ao desenvolvi-mento de micro-organismos, como restos orgânicos, na areia da argamassa ou em demais materiais utiliza-dos, ocasionando a baixa carbonatação da argamassa de revestimento, o que, com a aplicação prematura de tinta impermeabilizante (geralmente látex), deveria ter obstruído a passagem do CO_2, necessário ao processo do endurecimento da argamassa de revestimento."

Felizberto prometeu verificar com a construtora. Todavia não o fez. A tese dele era que muitas pessoas viviam no mesmo condomínio, consequentemente eram normais os tantos vaza-mentos.

Nada de normal achei na primeira infiltração. Surgiu re-pentinamente, sob o carpete da sala, e só percebi pelo cheiro de cigarro que infestava o apartamento todo. Depois ficaria visí-vel o volume, algo de bolha circular, perto da mesinha de cen-tro. Não houve jeito: sabia que aquelas bolhas só tinham a au-mentar e então, com um estilete, fiz uma incisão, contornando a elipse, e descobri o cinzeiro da senhora Dolurdes, apartamen-to 24, infiltrado por uma frincha da laje. Era de vidro, cor de açúcar queimado, e transbordava de cinzas e baganas. Chamei

Felizberto e mostrei a infiltração, e ele prometeu passar uma camada de vedação, e eu sugeri que fosse betuminosa. Quanto ao carpete, eu deveria reclamar por escrito na reunião do condomínio, marcada para setembro, um mês depois daquele incidente. Eu apenas sorri irônico, Ora, ora, Felizberto, e depois, com cuidado, procurei colar na incisão o remendo de carpete o mais discreto possível. Para tal, usei pinça. Mas conheci que isso de infiltrações sempre deixava suas cicatrizes.

De acordo com o material nos quais pesquisava, geralmente as fendas eram produto de desequilíbrio na fundação das estruturas, o que se evidenciava nos desníveis onde as vazões se acumulavam; no caso das bolhas, a causa provável da *patologia* seria a má aplicação de material vedante ou inexistência de seladores adequados antes dos revestimentos de acabamento. Aterrorizante, contudo, era o diagnóstico final: de que as infiltrações nunca vinham sozinhas.

Mesmo: em pleno sábado, acordei com um despertador em locomotiva. Estava perto da janela do quarto, de bruços, mostrando as chaves girando freneticamente às costas, a tremer como um animal flechado. Chamei Felizberto, e, segundo ele, o relógio viera do 33. Faltava era encontrar a fenda, provavelmente na viga. Instantes depois, de escada, ele acharia, entre o teto e a parede fronteira dos apartamentos, sob a forma de um curso irregular que buscava atingir o soalho, o filete da vazão. Então confirmou a suspeita de falha na viga e foi ao 33 avaliar de que lado faria o conserto. Sugeri que esperasse um bom dia de sol para a aplicação do vedante, era o que indicavam os especialistas. E que aplicasse três camadas, uma bem seca, e duas de reforço, com lacunas de uma semana entre elas. Mesmo os vedantes, disse a ele, sofriam dilatação. Felizberto anotou tudo. Levaria os custos para a reunião de setembro.

Eu já havia lhe falado da matéria orgânica porventura misturada na concretagem, causa provável daqueles transtornos, mas ele continuava se fazendo de desavisado. Insistia em achar normais as infiltrações em condomínios grandes como aquele. Eu já temia as colônias vivas que tendiam a surgir subitâneas daquela lavoura de bolores e mofos que pintava o teto. E embora julgasse o síndico o responsável, esperava pacientemente por setembro, preparando o meu material para a reunião.

Setembro começava quando o ruído de uma infiltração, vinda do apartamento de cima, provavelmente do 44, me acordou às três da madrugada. O ruído me acendeu os nervos, e saltei da cama. No chão da sala, perto da televisão, chorava um bebê de poucos meses, tendo o moisés virado a sua frente. Estava vermelho de tanto chorar e tinha vomitado no carpete. Antes de ligar ao Felizberto, pus o menino na cesta e o embalei até acalmá-lo. Depois, subi ao 44 e relatei o vazamento. A mulher me olhou, baixando os olhos, envergonhada, e foi acordar o marido. Desceram até o meu apartamento e recolheram o filho, sempre se desculpando. O homem ainda perguntou se a criança tinha estragado alguma coisa, e eu disse que só tinha sujado o carpete. Ele olhou para a mancha e depois para o teto, dizendo que pediria, no dia seguinte, para Felizberto achar o vazamento. Insistiu em que eu orçasse a lavagem da forração: na reunião próxima acertaria comigo. Então aproveitei e lhe expus a minha teoria dos micro-organismos na concepção da massa, o que estava causando a *patologia*, mas ele me interrompeu, dizendo que era tarde e que deveríamos discutir a tal *patologia* na reunião.

Esperei que eles subissem e fui beber uma cerveja, sentindo o cheiro de coisa embolorada na cozinha. Abri a janela da sala e verifiquei que um bafo quente subia, e o clima pesado ameaçava com tempestade. Era o que faltava: com chuva intensa, vertiam os interstícios entre um apartamento e outro. Era diagnóstico comum de qualquer revista especializada.

Fui deitar, mas não consegui dormir: tinha a impressão de que o casal caminhava sobre a minha cabeça, em pés de meia, é verdade, mas ribombando fundo nos meus ouvidos. Quando a tempestade cobriu todos os ruídos, encontrei um sono quebrado, entrecortado por momentos em que despertava em choque, imaginando goteiras por toda parte. Num dos sustos, a impressão dos passos se repetiu com mais intensidade, ganhando em seguida vozes que acabaram formando uma discussão contida e um choro mais intenso de criança. Ao sair do quarto, percebi que o vazamento do 44 não havia estancado ainda, pois que, disputando a criança nos braços, o casal discutia responsabilidades de pai e mãe, sob choro agudo. Quando me viram, um se desculpou pelo outro. Tão logo abri a porta, saíram trocando ofensas.

Sozinho novamente, busquei mais duas cervejas na geladeira e sentei no sofá para pensar em tudo aquilo e tomar a decisão que me parecia a mais acertada: não esperaria a reunião – sairia, no dia seguinte mesmo, a procurar outro apartamento, ou casa, noutro lugar.

Mas acordei sob um cheiro agressivo de café. Encontreime deitado num tapete felpudo, com um gato amarelo dormindo no meu peito. Levantei a cabeça e encontrei uma mulher, de costas, com lenço a cobrir parcialmente a cabeça loira. Preenchia uma mesa disposta para o café. Levantei, empurrando o gato, e ela me deu bom-dia e falou do pão novo, e eu me desculpei, falei de vazamento, e fui me despedindo muito rápido, juntando as duas latas de cerveja e vendo o sol vivo na janela. Ela sumiu por instantes, e da porta mesmo eu relatei minhas suspeitas quanto à qualidade do material de construção, os micro-organismos que, encerrados com a umidade, atravessavam tudo, e ela concordou, dizendo que, antes, sofria com vazamentos, mas depois acabou aceitando. Eu disse ainda que pediria a Felizberto para subir ao meu apartamento e verificar o que houve, mas ela disse que não precisava. Podia esperar a reunião. Até lá era bom que eu abrisse as janelas e aproveitasse o sol. E então ela perguntou se eu não ia tomar café, e eu fiquei parado, sem ter o que responder. Ela levantou, me deu um beijo, me puxando por uma das mãos até um quarto onde um menino e uma menina dormiam, e pediu que, antes de sair, eu beijasse também as crianças.

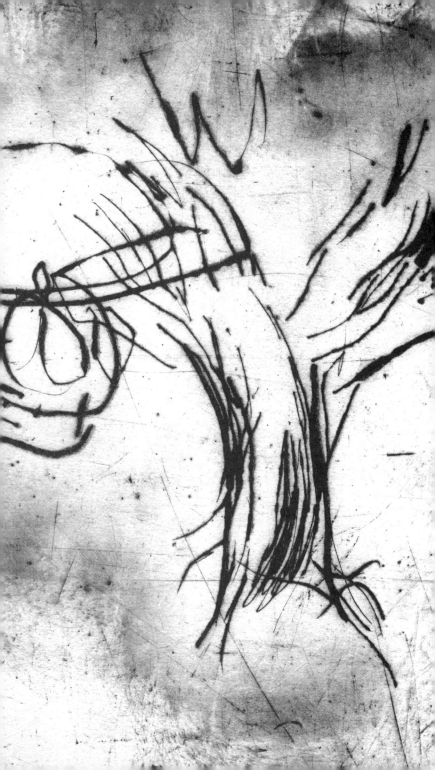

a última mulher adúltera

A Inteligência descobriu que as tempestades de verão eram causadas por mulheres adúlteras e que a última delas vivia em Porto Alegre. E que, mais precisamente, a Adúltera morava num apartamento da Rua Sofia Veloso, bairro Cidade Baixa. E que era um apartamento pequeno para ela, os dois filhos (que eram duas meninas) e o marido. Que o marido trabalhava em jornal conhecido da cidade. A cidade que, como o país, não aguentava mais chuva em janeiro.

A Inteligência encontrou-a disfarçada de jardineira: podava flores e buxos (pelo relatório da Vigilância, já havia ordenado o canteiro e resolvido o problema das formigas – sem matar nenhuma, que era budista). A operação foi rápida, sem reações da Adúltera ou protestos de associação de bairro. Chovia forte, culpa dela.

Pessoal da Inteligência começou a interrogá-la no cambu-rão. Mostraram uma foto de homem barbudo e de pouco cabe-lo a que chamaram Sr. R. Quando ela tinha conhecido aquele homem? E depois na Inspetoria-Geral, acompanhada por sete Agentes sob o espelho, mais o Interrogador de Mesa, Desde quando saía com R? Ela pediu água, mas não era permitida água, disse o Interrogador e perguntou Onde se encontravam ela e R? Ela perguntou Por que tudo aquilo?, mas o Interroga-dor disse Aqui sou eu quem faz as perguntas, estamos no Bra-sil, onde os adultérios fazem chuva, e não admitimos mulheres adúlteras. E ela respondeu: o nome completo, de solteira e de casada, o endereço, o nome das filhas, do marido, a carteira de identidade, o cpf, o passaporte, o número da conta corrente, o horóscopo, a cor preferida das unhas, o número do sapato, que gostava de homem de barba sim, o disco preferido era o *Revol-ver*, dos Beatles, e o carro que tinha era um Monza 92, e disse o número da placa, torcia para o Internacional – o marido e as filhas também —, e gostava muito do livro *Magra mas não muito, as pernas sólidas, morena*, do Antônio Carlos Resende, mas preferia pastel de carne ao de queijo, vinho só no inverno, ali na Cidade Baixa faziam um bom fondue sim, também acha-va as praias de Santa Catarina as melhores, e caipirinha só acompanhada. De R? Não, não conhecia R nenhum.

Mentia, concluiu o Interrogador. A tempestade, janeiro. A Inteligência a rastreava havia muito em atitudes suspeitas: as chuvas haviam começado desde as eleições de outubro, embo-ra ainda fosse primavera, quando cometeu a primeira incoe-rência – votara na direita para prefeito e na esquerda para ve-reador e ainda saíra sorrindo (os agentes disseram que o marido a esperava com as filhas à saída da seção 359, zona 37, e que ela lhe deu a mão olhando no rosto e sorrindo (olhando no rosto [no rosto!] e sorrindo!). Depois, o restante do relatório estendia incongruências: comprara porquinhos-da-índia em novembro (ninguém mais comprava porquinhos desde 82 [quando o Brasil perdeu com três gols de Paolo Rossi na Espanha]), não ia ao salão de beleza desde dezembro, antes das festas (fato absolutamente bizarro se se comparassem as fotos de suas saídas de casa, às vezes às sete às vezes às oito, com o cabelo ainda molhado), e, desde o começo de janeiro, passara a comprar hortaliças na feira (hortaliças na feira!), e não no supermercado (o que constituía a metáfora ideal, sobretudo clara, da nova relação).

Todos atrás do espelho votaram com o Interrogador de Mesa, e logo a Adúltera foi levada, sob a escuridão da camioneta, a duas horas de solavancos. Depois, embarcaram-na num helicóptero antigo, não mais que uma bolha de vidro e um rascunho de ferro. Chovia mais forte, culpa dela. Era a última mulher adúltera, e precisavam saneá-la, apesar dos riscos.

Acorrentaram-na sob uma figueira de poucas folhas, entre arvoredos densos de uma floresta úmida (mais úmida naquele janeiro). E bichos. Sob a tempestade de verão, culpa toda dela, deveria escorrer a mancha última dos homens. E a culpa, que era dela, como a chuva.

Mas o verão passou sob uma chuva única, que alcançou maio e os primeiros frios. A Inteligência ordenou então que a Adúltera fosse interrogada uma segunda vez. Pessoa da Inteligência havia confundido o local do cativeiro, de forma que só encontraram a clareira da selva em junho, um junho ainda chuvoso de mesma chuva e culpa. O helicóptero tivera de sobrevoar a selva abaixo da tempestade furiosa e encontrara um pouso difícil numa planície encharcada.

Sob a figueira restavam poucos sinais da Adúltera: as correntes, alguns restos de roupa, de dentes, de cabelos. E apesar disso, sobre toda a serra, o mesmo cinza caía, chuva depois de chuva, uma linha – essa sim, demonstrando a constância e a coerência. Concluíram que a Adúltera havia se dissolvido.

Cometemos um erro, comentou o Oficial da Inteligência. Então ordenou que se preenchesse o relatório da fuga ali mesmo. Depois todos da Inteligência subiram no helicóptero e com dificuldades venceram a água para voar acima das nuvens.

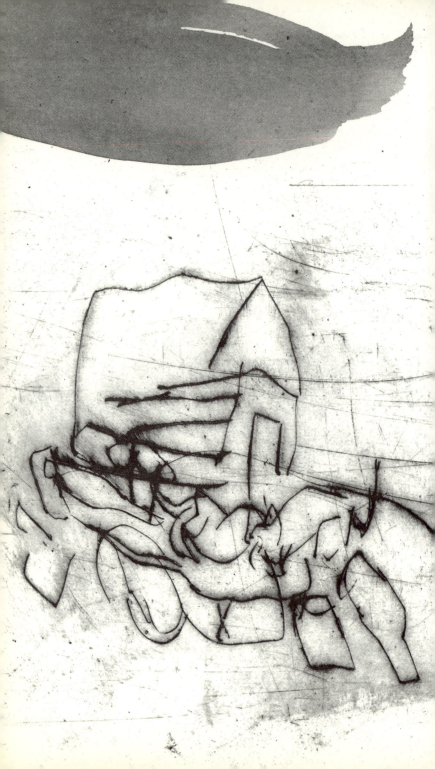

toda a novidade do mundo

Pois estando seus filhos casados e espalhados pelo mundo, sentiam-se pais já cumpridores de algo nobre, mas dolorido. E foi assim que se mudaram para uma praia distante de qualquer civilização. Passando dos cinquenta anos, com a sensação de já terem dito tudo, buscavam a paz de um lugar onde não fosse preciso nem mesmo falar.

A casa que compraram por um anúncio de jornal era a única num raio de 75 km. Era de madeira, com três quartos, e através das janelas se viam serra e mar. No passado havia servido como um posto de observação de aves migratórias que (nunca se descobriu o motivo) não mais voltaram à região.

Numa visita externa, aceitaram tudo na casa – do mato espesso ao redor às pedras da serra e ao vento úmido do mar – como o necessário para que mudassem de perspectiva sobre si mesmos, e tudo recomeçasse depois dos filhos. A princípio, usariam o carro apenas uma vez por semana, quando viajariam por duas horas até o mercado da cidade mais próxima, retornando com mantimentos. Compreenderam que viver ali era sem meios-termos: aprenderiam a matemática do lugar e viveriam o mais simples possível; estavam, enfim, em um dos poucos locais onde o dinheiro nada valia.

Então chegaram no domingo, sob um sol intenso. Era o primeiro dia de toda a novidade a que se propunham. E, apesar do medo de uma compra no escuro, encontraram todos os móveis tal como foram anunciados. Não mencionados pelo jornal nem pela imobiliária eram os quadros de pássaros migratórios e uma luneta de observação, à janela norte, equipada com tripé articulado e bússola.

E desfizeram a única mala e uma sacola de pães e biscoitos, frutas e legumes. Além disso, apenas garrafas d'água. E ele montou as carretilhas para que, à tarde, descessem as encostas e experimentassem pesca. A ela coube o reconhecimento doméstico da casa.

Almoçaram dois sanduíches já prontos. Vez em quando ela o olhava como a perguntar E conseguiremos? Então ele mastigava com tranquilidade, e ela entendia que tudo parecia realmente novo.

Foi que, após a mesa, viram o sol que atingia o soalho tornar-se menos denso. Chovia. E forte. Não havia luz elétrica na casa, e tampouco lhes passou pela cabeça trazer velas. Por isso, pela janela, viram o mundo despencar. Divertiram-se com experimentar a luneta, identificando apenas borrões no horizonte. De nítido, ou quase, avistaram o pinheiro, ponto máximo da serra. E, como estavam cansados da viagem, foram deitar. Dormiram conversando coisas sobre os filhos e seus lugares num mundo onde a tempestade alcançava.

No segundo dia, acordaram tarde, sob a mesma chuva intensa. E perceberam coisas demasiado estranhas: tinham dormido de roupa, com todas as janelas e portas abertas. E riram intimamente de tudo aquilo, pois que adentravam um mundo sem chaves. Ademais, sentiam-se enjoados, com impressões de que tudo ao redor balançava – efeito provável de dormir numa cama estranha. Ficaram deitados a manhã toda. Só ele vomitou.

Não sentiram fome nem à tarde, quando a escuridão chegou cedo. Ele acendeu com dificuldades o fogão a lenha e pôs a esquentar água com que a mulher faria café. Ainda enjoados, beberam e comeram pouco. Depois puseram-se a mudar móveis e objetos de posição, demonstrando a necessidade de que a casa se adaptasse aos novos donos. Esperavam que a chuva cessasse para reconhecer o mundo fora da casa. Mas, com a luneta, ele observou apenas a mancha cinzenta dos horizontes. Foi quando a mulher lhe pegou no braço, estarrecida, e o puxou a ver o mundo, não o borrão distante, mas o ao-redor: não havia serra nem mar; por toda a volta, estendia-se uma lâmina de água que só não era plácida porque a chuva forte lhe dava efeitos de poeira. Entenderam a casa à deriva, porque era possível divisar, sem a luneta, a ponta do pinheiro no alto da serra encoberta.

Antes do anoitecer, a mulher foi deitar horrorizada com o que viu: pela frente da casa desfilavam peixes mortos de todas as espécies. Alguns ainda se debatiam sobre a folha d'água.

No terceiro dia a chuva não havia cessado. O mundo já amanhecera escuro, e eles tinham um buraco no estômago. Comeram biscoitos, enquanto ele tentava identificar um horizonte, ajustando o foco da luneta. Constatou em todas as posições o mesmo mundo de água. À exceção do pinheiro, que passava a sensação de estar mais próximo ainda.

À tarde, quando sentiram que era difícil descobrir qualquer coisa, a mulher encontrou um rato que tentava escorrer para o banheiro. Soltou um grito que não era palavra alguma, e o marido o perseguiu até perdê-lo na torrente e perceber que a água estava cheia de ratos que nadavam, desorganizados, uns sobre os outros, mas na mesma direção norte. Muitos apenas boiavam, os afogados daquela enchente.

Fecharam todas as entradas da casa, menos a janela da luneta, e o homem buscou, sem achar, o destino dos ratos. Entendeu, pelos olhos de horror da mulher, que eles buscavam o pinheiro. Dormiram como que hipnotizados pela marcha uniforme da chuva, depois de bloquearem todas as frestas com bolas de tecido feitas de peças de roupas.

No quarto dia a chuva não havia cessado, a mulher acordara chorando, e o homem notou apenas que o dia estava mais claro. O sol, acima das nuvens, deveria ser intenso. Comeram frutas e combinaram que não abririam janela alguma da casa. Mas à tarde a claridade parecia mais intensa pelas frestas mínimas, e algo de ruidoso passou a sensação de que pessoas batiam às paredes, pedindo socorro. Tentaram evitar o que ouviam, mas dali a pouco também passaram a perceber gemidos, e ele se levantou julgando que precisavam encarar tudo. Então abriram a casa.

Desfilavam, cobrindo a superfície da água, garrafas plásticas de todas as cores e tamanhos, de refrigerante, detergente, óleo automotivo, suco de frutas, alvejante, cera de assoalho. Pela janela norte, o homem viu que a travessia das garrafas se estendia de horizonte a horizonte, em intenso movimento, como se, não havendo espaço para todas elas à folha d'água, fizessem um verdadeiro balé de revezamento. Só o pinheiro mantinha-se visível a balizar o destino provável da marcha.

Lembrando-se de que haviam trazido uma garrafa de vinho tinto, beberam, discutindo a posição dos quadros remanescentes do posto de observação. Foram assim até um sono mole.

No quinto dia a chuva não havia cessado, e a mulher, acordando antes dele, abriu as janelas para se deparar com uma travessia bizarra de gaiolas com pássaros vivos, todos silenciosos, como que impactados pelo milagre de boiarem sobre a morte. Com as mãos dormentes, acordou o marido, que buscou a luneta para examinar o horizonte no qual se movia a procissão de penas. E o pinheiro. Não tinham fome, mas comeram pão ressuscitado sobre a chapa quente do fogão. Usaram uma cadeira como lenha.

À tarde, mudaram novamente os móveis de lugar. Ela redescobriu o crochê, e ele tentou pescar com bolas de pão. Escondiam-se ambos da consternação a dois. Antes que viesse a noite, puseram-se na cama. Se fosse possível dormir sem fechar os olhos, teriam descoberto como.

No sexto dia a chuva ainda não havia cessado, e eles estavam moídos, sem ânimo de levantar e abrir as janelas ou cavoucar horizontes pela janela norte, e então ficaram em silêncio. Mas os sons do mundo, apesar de sujos pelo ruído da chuva, revelaram coisas enormes a cruzar ao lado da parede do quarto, deslocando a água com brutalidade. E era a vez de ele abrir a janela.

Lentamente uma caravana de automóveis emborcados se movimentava com mínimos toques transferidos de um a outro. Havia ônibus e caminhões. E, entre eles, motocicletas. A julgar pelos pneus, pareciam todos novos, mas talvez fosse o efeito da máscara que a chuva estendia entre os veículos e a casa. Ele nada disse à mulher e resolveu observar o desfile de soalhos e rodas que terminou seu fluxo somente à tarde. E então postes de madeira e de concreto, puxando fios, também navegaram na mesma direção do pinheiro.

Tomaram sopa de algumas batatas e uma cenoura. Anteciparam a noite deitando cedo. Antes trocaram de posição na cama. Dormiram cochilos esparsos.

No sétimo dia, já não faziam questão de abrir a casa. Mas nesse dia a chuva havia cessado, e eles não perceberam. Não diziam nada desde o sexto dia de torrente. E então a mulher lhe revelou que não poderia mais dormir, porque pensava fixamente nos filhos sendo tragados pelo redemoinho de um imenso ralo. Ele confessou que sentia o mesmo, sem pesadelos figurativos apenas, e com a única sensação nos nervos de que a casa estava afundando. E depois ficaram abraçados durante muito tempo. Pensaram nos dias seguintes e sobretudo neles mesmos, cercados pelas águas do mundo, e definhando, e preferiram a sensação de naufrágio da casa. Conversando assim, foram quase toda a manhã até que se sentiram enjoados novamente. Ela primeiro: abriu a porta e, de olhos fechados, num pacto de evitar o mundo, arrevessou apenas água. Depois ele: vomitando o que parecia lhe vir dos pés, ficou olhando o mundo agitado onde nada mais surgia e demorou para perceber que as chuvas tinham cessado, e a água enfim começava lentamente a baixar. Arrastou a mulher para que ela visse, e ela viu, ficando de joelhos com mãos de reza.

Ele correu à janela norte e avistou o pinheiro, muito comprido, e os galhos secos os fizeram julgar que a árvore havia morrido afogada. Ficaram acompanhando o esvaziar do horizonte até anoitecer. Dormiram de cansaço e de esperança. E conversaram sobre o mundo novo, depois das águas, e sua aparência provavelmente cintilante.

Então no oitavo dia foram mesmo acordados por ruídos altíssimos que cruzavam a casa, e, quando abriram as janelas, a água havia sumido de todo. No seu lugar, por todos os lados, brotara um mundo novo, com ruas largas e postes imensos. Um semáforo fazia os automóveis buzinarem parados na frente da janela norte. Havia fuligem no ar e fazia muito calor. Não precisaram de lunetas pois já não havia horizontes. De parte a parte erguiam-se, com placas de todas as novidades, edifícios pesados, modernos, que retinham o sol intenso. No mais alto deles, avistaram uma antena em forma de guarda-chuva fechado. E os dois voltaram para dentro, vestiram as roupas de quando chegaram àquela casa e, empunhando as fotografias dos filhos, saíram perguntando se alguém os conhecia.

da margem futura publicado originalmente na revista *Norte*, nº 13, fevereiro-março de 2010.

os remos publicado originalmente no caderno Cultura de *Zero Hora*, em 08 de agosto de 2009, e na revista *Ficções*, nº 18/2009.

homens de verdade publicado originalmente na revista *Bravo!*, maio de 2011.

o resumo do mundo publicado originalmente na *Revista Magma*, número sete, dez-2008 (Lajes do Pico/Portugal).

o mar, no living publicado originalmente na revista *Rascunho*, nº 117, janeiro de 2010.

enquanto água publicado originalmente na coletânea *Desacordo ortográfico*. Porto Alegre: Não editora, 2009.

presença publicado originalmente na antologia *Duas palavras*. São Paulo: *Dulcineia Catadora*, 2010.

As ilustrações foram produzidas por Rodrigo Pecci em técnica mista entre abril e dezembro de 2010, em seu ateliê, em Porto Alegre.

Aos alunos do curso de Formação de Escritores da Unisinos 2007,
Adilson Fontoura, Andrea Rodrigues, Ângela Custódio, Carmen "Vidráguas", Clarissa Correa, Elisa Vigna, Ernesto Lindstaedt, Inge Dienstmann, Júlia Viegas, Juscelino "Cidadão Comum", Karen Drago, Kelli Pedroso, Marcelo Rosa, Priscila Giampaoli, Rodrigo Fagundes e Viviane Borba.

Ao Fabrício Carpinejar e à Márcia Duarte.

Este livro foi composto na tipologia Fournier MT Std,
em corpo 12/16,5, impresso em papel off-white 90g/m²,
na Markgraph.